Janes Tagebuch

Mein altes

Leben.

Heike Doeve

Herstellung und Verlag:
BoD - Books on Demand, Norderstedt
ISBN 978-3-7347-8200-8

Für meinen Mann, den ich sehr liebe und für sein Verständnis danke.

1. Die Abreise

Lieber Leser danke, dass sie sich für dieses Buch entschieden haben. Doch was erfahren Sie hier?
Nun, ich habe dieses Tagebuch als Reisetagebuch begonnen, doch es wurde etwas ganz anders. Was das werde ich hier nicht verraten. Nur so viel, es wird Ihnen mit Sicherheit an manchen Stellen wie eine Fantasygeschichte vorkommen- aber ich kann Ihnen versichern, dass alles wahr ist, denn ich habe es so erlebt.
Sind Sie jetzt neugierig geworden? Wenn dass so ist, freue ich mich darüber. So nun genug der Vorrede, denn jetzt werde ich anfangen zu erzählen.
Ich kam gerade vom Deutschsprachkurs zurück in die Wohnung. Diesen Intensivkurs

besuchte ich seit 6 Monaten dreimal die Woche abends nach der Schule. Heute war der letzte Abend gewesen.

Ich wohnte in London. Hier lebte ich mit meiner Mutter Anna zusammen, welche als Sekretärin arbeitete. Außerdem trat sie dreimal die Woche abends, zusammen mit ihrer Freundin Tina Schmitz, in unterschiedlichen Pubs auf.

Tina stammte ursprünglich aus Deutschland, da sie aber schon sehr lange hier lebte, sprach sie inzwischen fließend Englisch. Meinen Vater habe ich nie kennengelernt, denn meine Mutter hatte ihn bevor ich geboren wurde verlassen. Inzwischen soll er mit einer anderen Frau verheiratet sein. Ich besuchte hier die State-School und werde in einer Woche nach Deutschland fliegen, um an einem Schüleraustauschjahr

teilzunehmen, welches ich aufgrund meiner guten Noten als Stipendium bekommen habe.
„Hallo", sagte meine Mutter, als ich hereinkam. „Ich treffe mich gleich mit Tina. Wir wollen noch etwas wegen eines Auftritts besprechen. Bis dann!" Mit diesen Worten verließ sie die Wohnung. Nachdem mich meine Mutter allein gelassen hatte, ging ich in die Küche, um mir ein Käse-Sandwich zu machen. Danach sah ich mir die Nachrichten und den Film: "Remember Me – Lebe den Augenblick" an. Ich benutzte die deutsche Version, um mich an die Aussprache zu gewöhnen.
Die restliche Woche verging sehr schnell. Von morgens bis nachmittags besuchte ich die Schule. Am Montag- und Donnerstagnachmittag arbeitete ich im Geschäft eines Buchhändlers. Diesen Job machte

ich schon seit zwei Jahren und ich hatte ihn angenommen, um etwas eigenes Geld zu verdienen. Vor einen Monat musste ich ihn leider kündigen, denn es hatte mich Spaß gemacht mit den Kunden umzugehen.

Abends bereitete ich meine Abreise vor, und lernte weiterhin deutsche Vokabeln und Grammatik.

Es war zwei Tage vor der Abreise und ich war soeben von der Schule nach Hause gekommen. Dort fand ich einen Brief von der K&J Gesellschaft, in welchem ich alle wichtigen Informationen fand.

An diesem Abend nahm ich Kontakt zu der Familie Faber auf und teilte ihnen mit, dass ich mit dem Lufthansa Flug 380 um 15:40 Uhr ankommen würde.

Den restlichen Abend verbrachte ich damit, im Internet zu surfen, um etwas, über meinen neuen Heimatort Wuppertal zu erfahren. Da ich mich schon immer sehr für die Geschichte einer Stadt interessiert habe, fand ich das, was ich las so interessant, dass ich es hier aufschreiben werde, um es später noch einmal nachlesen zu können.

Ich las, dass der Heimatort der Familie Wuppertal-Vohwinkel erstmals 1356 urkundlich erwähnt wurde. Damals war das ein Hof, der Vohwinkel hieß.

Im Jahre 1806 wurde Vohwinkel zum Kanton Elberfeld hinzugefügt. Zehn Jahre später gab es eine neue Kreiseinteilung. Zum Kreis Mettmann wurde Sonnborn, zu dem auch Vohwinkel gehört, hinzugenommen. Zu der Zeit lebten in Sonnborn 6000 Menschen.

Ein Jahr später wurde die Gemeinde Vohwinkel der Bürgermeisterei Haan zugeteilt.
Im Jahre 1820 wurden die Kreise Mettmann und Elberfeld vereinigt.
Im Jahre 1867 wurde Sonnborn mit Vohwinkel von Haan abgetrennt und zur selbstständigen Bürgermeisterei erhoben.
Zehn Jahre später wurde Vohwinkel Kreisstadt im Kreise Mettmann.
Noch einmal zehn Jahre später wurde Vohwinkel selbstständige Landbürgermeisterei innerhalb des Kreises Mettmann.
Im Jahre 1921 erhielt Vohwinkel Stadtrechte.
Im Jahre 1929 wurde die Wupperstadt Barmen-Elberfeld gegründet. Diese entstand durch die Zusammenlegung unterschiedlicher Stadt – und Landgemeinden. Darunter war auch Vohwinkel. Diese

neuentstandene Stadt hatte rund 415.000 Einwohner.

Ein Jahr später erhielt die neugegründete Stadt Barmen-Elberfeld den Namen Wuppertal. Am nächsten Tag hatte ich hier meinen letzten Schultag, was ich traurig und zugleich auch wieder aufregend fand. Ich musste dieses Schuljahr früher beenden, um in Deutschland ein ganzes Jahr machen zu können, denn dort endeten in ein paar Tagen die Sommerferien. Am Ende des Tages bekam ich die Papiere, für die deutsche Schule, mein Stipendium und mein Zeugnis ausgehändigt. Am Abend desselben Tages nahm ich von meiner Freundin Dorothea Schütter, genannt Doro Abschied. Wir gingen in eine Diskothek und feierten dort, bis zur Sperrstunde. Doro und ich kennen uns, seit wir drei Jahre alt waren, denn wir sind zusammen aufgewachsen. Von ihr fiel mir der Abschied besonders schwer, da wir immer über alles reden konnten. Beim Abschied versprachen wir uns in Kontakt zu bleiben.

Nach ein paar Stunden Schlaf und einem hastigen Frühstück fuhr ich, mit der U-Bahn, zum Flughafen London Heathrow und checkte ein. Von meiner Mutter konnte ich mich nicht verabschieden, denn sie war schon, wie immer, zur Arbeit gegangen. Auch wenn ich das gewohnt war, hätte ich es diesmal schön gefunden, wenn es anders gewesen wäre, da ich sie für längere Zeit nicht sehen würde. Das ich sie überhaupt nicht mehr wiedersehen würde wusste ich zu diesem Zeitpunkt noch nicht.

Ich nahm mir vor sie, am Abend, anzurufen.

Da ich am Morgen keine Zeit hatte meine E-Mails anzuschauen, denn ich hatte verschlafen, nutzte ich jetzt die Wartezeit dafür. Ich hatte eine von meiner deutschen Gastfamilie bekommen, in der sie schrieb, dass sie sich auf mich freuen würden, und mich am Flughafen Düsseldorf abholen werden.

Ein paar Minuten später wurde mein Flug aufgerufen. Also schaltete ich mein Smartphone aus und ging an Bord. Ich war gespannt und aufgeregt, denn dies war mein erster Flug. Außerdem war ich neugierig auf das, was mich in Deutschland erwarten würde.

2. Die Ankunft

Der Flug verlief sehr ruhig, denn das Wetter war schön, und die Landung war sehr sanft. Es war ein sehr schneller Flug, denn wir kamen ein paar Minuten früher an. Die Passkontrolle dauerte länger und die Gepäckausgabe auch. Auf den Weg zum Ausgang verlief ich mich, doch ich merkte dieses recht schnell und korrigierte die Richtung.

Am Ausgang empfing mich dann meine Gastfamilie, welche ich nur erkannte, weil sie ein Schild gebastelt hatten, auf dem stand:

Willkommen in Deutschland Jane White.

Da blieb ich stehen, denn ich war so gerührt, dass mir die Tränen in den Augen standen. Meine Gefühle überwältigten mich, weil ich nie eine wirkliche Familie gehabt hatte, da meine Mutter immer arbeiten musste, und auch sonst kaum Zeit für mich hatte. So kannte ich keine Wärme und Zuneigung, welche ich mir aber immer gewünscht hatte.

Meine Gastfamilie, das sind Karin und Peter Faber mit ihren Söhnen Michael und Oliver.

Da ich wegen meiner Tränen nichts mehr sehen konnte, kam die Familie auf mich zu und fragte, ob ich Jane White wäre. Dieses bejahte ich nickend, denn sprechen konnte ich, in diesem Moment, nicht.

Da nahm Karin mich in die Arme und streichelte mich beruhigend. Meine Tränen versiegten langsam, und ich spürte, wie mich jemand anstarrte. Da drehte ich mich um und begegnete direkt Michaels Blick. Langsam breitete sich auf seinem Gesicht ein Lächeln aus, welches so ansteckend war, dass ich zurücklächelte, obwohl mein Gesicht bestimmt noch gerötet war vom Weinen.

Dann sagte Peter zu Michael: „Wir sollten langsam gehen. Sonst bekommen wir den Zug nicht." Nach kurzer Pause fügte er, zu mir gewandt, hinzu: „Wir freuen uns, dass du da bist."

Michael und Oliver nahmen mein Gepäck, und wir machten uns auf den Weg.

Während wir auf den Flughafenzug zugingen, erklärte mir Michael, dass ich heute auf seiner Fahrkarte mitfahren werde. Der Tag, an dem ich ankam, war ein Samstag und zum Wochenende können auf dieser Fahrkarte zwei Personen fahren.

Wir hatten inzwischen den Flughafenzug erreicht, welcher uns zum eigentlichen Ausgang und zum Bahnhof brachte. Von dort fuhren wir anschließend mit dem Zug nach Wuppertal-Vohwinkel. Auf der Fahrt erzählte mir Michael: „Oliver und ich haben noch eine Schwester. Doch Heike konnte leider nicht mitkommen, denn sie wird morgen nach Hamburg fahren. Dort möchte sie eine Schauspielschule besuchen und dafür wollte sie in dieser Zeit noch einmal ihren Text für die Aufnahmeprüfung lernen. Du wirst sie zuhause treffen und sie freut sich auf dich."

Weil wir uns, im Zug, gegen über saßen, sah ich ihm direkt in die Augen, welche eine ungewöhnliche Farbe haben, denn sie sind grün, und fragte: „Wie alt bist du?"

„Oliver und ich sind beide17 Jahre alt."

Ich sah ihn erstaunt an, denn die beiden sahen sich gar nicht ähnlich. Im Gegenteil sie konnten unterschiedlicher nicht sein, somit wäre ich nie auf die Idee gekommen, sie als Zwillinge einzuordnen.

Er bemerkte meine Reaktion und erklärte: „Oliver und ich sind zweieiige Zwillinge. Und wie alt bist du?"

„Ich bin auch 17."

Das letzte Stück fuhren wir mit dem Bus und gingen dann von der Haltestelle aus noch fünf Minuten zu Fuß.

Das Haus ist ziemlich groß und steht auf einem parkähnlichen Grundstück, welches ziemlich verwildert aussah.

Die Zimmer sind alle gemütlich und teuer eingerichtet. Die Möbel wurden alle aus echtem Holz gefertigt und auf den Böden liegt Parkett. Dieses ist unter den Sitzgruppen mit Berberteppichen abgedeckt.

Im Erdgeschoss befinden sich das große Wohnzimmer, das Esszimmer, die Küche und eine Gästetoilette. Auf der ersten Etage findet man die Schlafzimmer der Familie und ein Badezimmer und dann gibt es noch das ausgebaute, große Dachgeschoss, welches als Fremdenzimmer genutzt wird.

Dorthin hatten die Brüder inzwischen mein Gepäck gebracht, und mich dann allein gelassen, damit ich auspacken und mich frisch machen konnte.

Bevor er ging, sagte Michael, dass es in einer Stunde Abendessen geben würde.

Als ich allein war, sah ich mich zunächst einmal um. Ich stellte fest, dass dieser Raum halb als Wohnzimmer eingerichtet war. Ein Teil der anderen Hälfte war abgetrennt worden, um dort ein kleines Badezimmer zu bauen und der Rest war als Schlafzimmer eingerichtet worden. Wie das ganze Haus war auch dieses Zimmer in hellen Farben eingerichtet worden. Beim Blick aus den recht großen Fenstern sah ich, dass ich einen großen Teil des Gartens überblicken konnte.

Ich war gerade fertig mit auspacken, da klopfte es. Nachdem ich die Tür öffnet hatte, sah ich, dass davor ein Mädchen stand, welches ich noch nicht kannte. Ich war so überrascht, dass ich zwei Schritte zurücktrat und sie stumm anstarrte, denn sie war bildhübsch. Sie tat so, als hätte sie es nicht bemerkt und sagte: „Hallo! Ich bin Heike Faber und es tut mir leid, dass ich dich nicht mit abholen konnte. Es ist fast Zeit für das Abendessen, und ich will fragen, ob du mit herunterkommen möchtest."

Diese Worte lösten meine Erstarrung und ich sagte: „Hallo!"

Etwas verlegen fügte ich hinzu: „Entschuldige bitte, dass ich dich so angestarrt habe."

Da unterbrach sie mich, mit einem Lachen, und meinte: „Wenn ich mich daran nicht gewöhnen kann, sollte ich besser nicht Schauspielerin werden."

Ich stimmte in ihr Lachen ein, und damit war das Eis gebrochen.

„Das stimmt. Komm lass uns gehen."

Als wir uns auf den Weg nach unten machten, fragte sie: „Hast du eigentlich jemals den Schauspieler gesehen, der auch im Sohoviertel wohnen soll, wo du wohntest?"

„Ja, denn ich wohnte nicht weit von ihm entfernt, und das Haus war fast immer von Fans belagert. Doch seine Eltern hatten dort vor Kurzen seine Wohnung aufgelöst. Das hatte er selbst in einem Interview bestätigt."

„Ich würde ihn gern mal treffen, denn ich bin Fan von ihm."

„Ich finde, er ist ein sehr guter Schauspieler, und ich mag viele seiner Filme. Doch persönlich habe ich ihn nicht angesprochen, sondern ihn immer nur von Weitem gesehen."

„Du wohntest in der Nähe und hast nie die Gelegenheit genutzt ihn persönlich anzusprechen."

„Ich finde, Schauspieler sind auch nur Menschen, und sie verdienen Privatsphäre. Ich würde nicht ständig angesprochen werden wollen."

„Das bringt nun mal das berühmt sein mit sich, und ich fände es gut."

„Vielleicht änderst du deine Meinung, wenn du mal in seiner Lage sein solltest."

Als wir ins Esszimmer kamen, waren die anderen schon da, und Karin war dabei das Essen aufzutragen. Deshalb setzen wir uns sofort hin.

Ich hatte Hunger und aß deshalb schweigend. Das Gespräch, welches die anderen führten, drehte sich um die Wiederherstellung des Gartens. Da ich noch telefonieren musste, sagte ich, als wir fertig waren, Gute Nacht und ging nach oben in mein Zimmer.

Dort angekommen rief ich, bevor ich ins Bett ging, erst noch meine Mutter und Doro an. Beiden sagte ich, dass ich gut angekommen sei und mich bald wieder melden würde.

Danach duschte ich lange und las noch etwas. Gegen 21:30 Uhr löschte ich das Licht und schlief dann sofort ein.

3. Der Traum

In dieser Nacht träumte ich. Ich war wieder in London und 14 Jahre alt.

Meine Mutter hatte mich, zu sich, in das Wohnzimmer gerufen, was sie vorher noch nie getan hatte. Als ich kam, sagte sie freundlich: „Jane, komm setze dich zu mir." Ich folgte stumm und neugierig ihrer Aufforderung und sah sie dann fragend an. Dabei stellte ich fest, dass ihr Gesichtsausdruck von freundlich auf ernst gewechselt hatte, was mich erahnen ließ, wie wichtig dieses Gespräch war. Das es von da ab mein ganzes Leben verändern würde konnte ich zu diesem Zeitpunkt noch nicht wissen.

Nachdem sie einmal tief durchgeatmet hatte, fuhr sie fort:

„Du bist alt genug, die Wahrheit zu erfahren."

Diese Worte machten mir Angst. So dauerte es einen Moment, bis ich fragen konnte, wobei meine Stimme unsicher klang: „Die Wahrheit über was?"

„Die Wahrheit über dich."

Meine Gefühle waren in diesem Moment total durcheinander. Auf der einen Seite wollte ich die Wahrheit erfahren - doch anderseits hatte ich auch Angst davor. Allerdings war ich auf das, was jetzt folgte, nicht vorbereitet und ich habe einige Zeit gebraucht, um dieses Gespräch zu verarbeiten.

Wie immer nahm meine Mutter meine Gefühle gar nicht wahr, denn sie erklärte: „Als dein Vater und ich uns kennenlernten, waren wir beide sehr jung und sofort ineinander verliebt. Wir hatten zunächst eine schöne Zeit miteinander und lachten viel. Wir gingen spazieren oder ins Kino. Abends lud er mich zum Essen ein, oder wir tanzten bis zum nächsten Morgen. Er war so schön, dass mich alle meine Freundinnen beneideten."

Hier machte sie eine Pause, und ich versuchte, diese neuen Informationen zu verarbeiten. Es war das erste Mal, dass sie von meinem Vater sprach, und für mich klang es, bis dahin, wie die ganz große Liebe. Deshalb verstand ich bisher nicht, warum sie ihn verlassen hatte.

Nachdem sie noch einmal tief durchgeatmet hatte, fuhr sie fort: „Doch langsam merkte ich, dass etwas, mit ihm, nicht stimmte. Wir stritten immer häufiger, und er veränderte sich immer mehr. Doch ich dachte immer noch, das wäre eine Phase in unserer Beziehung, die wieder vorübergeht. Dann

eines Tages entführte er mich.
Außerdem hat er mich gebissen
und von mir getrunken. Doch das
habe ich erst später erfahren, denn
als man mich fand, konnte ich
mich an nichts erinnern."
Hier müsste sie ihre Erzählung
wieder unterbrechen, denn sie war
in Tränen ausgebrochen.
Ich war zu entsetzt, um etwas zu
sagen, – denn ich ahnte sofort, was
mein Vater war: nämlich ein
Vampir. Außerdem konnte ich mir
denken, warum sie sich nicht
erinnern konnte. Er hatte ihre
Gedanken beeinflusst und damit
ihre Erinnerungen gelöscht. Ich
dachte auch darüber nach, was ich
dann war, doch konnte ich sie jetzt
nicht danach fragen, weil ich
wusste, dass sie mit ihrer
Erzählung noch nicht fertig war
und ich wollte sie nicht
unterbrechen.

Als sie wieder sprechen konnte, sagte sie: „ Ich war, an diesem Abend, mit meinen Freundinnen verabredet. Sie wussten, dass wir uns schon oft gestritten hatten. Außerdem hatten sie eher, als ich geahnt, was los war, denn sie hatten mir schon mehrfach geraten, mich, von ihm, zu trennen. Doch ich hatte ihre Warnungen ignoriert, was ich an diesem Abend sehr bereute. Als ich nicht zum Treffen kam, hatten sie die Polizei verständigt, welche mich schließlich in einem Wald fand." Hier machte sie eine kurze Pause, um nachzudenken.

Dann sagte sie: „Ich war wütend auf ihn und auch auf mich. Auf ihn, weil seine Liebe, wie ich jetzt wusste, nur gespielt gewesen war und er mich letztendlich nur benutzt hatte, um die Wandlung, in einen Vampir, zu schaffen. Und auf mich war ich sauer, weil ich, in den letzten Wochen, die deutlichen Anzeichen ignoriert hatte. Diese waren, dass seine Haut immer kälter und bleicher wurde, und er anfing, das Sonnenlicht zu meiden. Außerdem fragte ich mich, warum ich ihn nicht vorher durchschaut hatte, aber es ist wohl so, dass Liebe blind macht."

An dieser Stelle wollte ich etwas sagen, doch sie ließ mich nicht zu Wort kommen, sondern fuhr direkt mit ihrer Erzählung fort: „Durch den Biss hatte auch ich angefangen mich zu wandeln. Ich wurde ins Krankenhaus gebracht und musste dort einige Zeit bleiben, denn ich hatte viel Blut verloren und starke Schmerzen. Dort stellte man auch fest, dass ich außerdem noch vergewaltigt worden war.

Nach der Entlassung zog ich nach London, wo ich feststellte, dass ich schwanger war. Deinen Vater habe ich nie wiedergesehen, – obwohl er noch ein paar Mal angerufen hat. Ich bin aber nicht ran gegangen, und irgendwann hat er aufgegeben."

Ich wusste jetzt, dass mein Vater sie von Anfang an manipuliert hatte, doch dass konnte ich ihr nicht sagen, denn sie würde es mir sowieso nicht glauben. Stattdessen fragte ich: „Bin ich eine Vampirin?"

„Du bist noch ein Mensch, denn du hast die Wandlung noch nicht vollzogen. Aber du wirst zu einer Vampirin werden, denn du bist eine sogenannte geborene Blutsaugerin."

„Wann werde ich mich wandeln?"

„Die meisten deiner Art wandeln sich zwischen dem 17. und 20. Lebensjahr."

„Woher weißt du das alles?"

„Der Arzt, der bei deiner Geburt Dienst hatte, war ein Vampir.

Dieser hat mir gesagt, was mit dir los ist."

„Du hast vorhin gesagt, dass es geborene Blutsauger gibt. Gibt es noch andere Arten?"

„Es gibt zwei Arten von Vampiren. Vampire die, so wie du, geboren werden, nennt man geborene Blutsauger. Die andere Art sind die gebissenen Vampire. Das sind Menschen, die gebissenen wurden und sich dadurch gewandelt haben."

„Dann bist du also eine solche?"

„Ich glaube nicht, dass ich eine Vampirin bin."

Ich habe sie erstaunt angesehen – denn ich war anderer Meinung. Doch sie hat mich gar nicht mehr angesehen und so wusste ich, dass das Gespräch hier zu Ende war.

An dieser Stelle weckte mich ein Klopfen. Noch verschlafen sah ich auf die Uhr und stellte fest, dass es 9:00 Uhr morgens war.

Nach einem weiteren Klopfen
wurde die Tür vorsichtig geöffnet,
und Karin trat ins Zimmer.

„Hast du gut geschlafen?"

„Ja, danke."

„Kommst du zum Frühstück
herunter, oder soll ich dir etwas
bringen?"

„Ich komme gleich."

Sie ließ mich wieder allein, und
ich machte mich fertig.

4. Der Spaziergang

Als ich eine halbe Stunde später nach unten kam, fand ich die Familie schon im Esszimmer und ich setzte mich dazu.

Michael sah kurz auf und lächelte mich an, und ich lächelte zurück. Das Gespräch drehte sich um die Abreise von Heike, welche heute mit dem Zug nach Hamburg fuhr.

„Entschuldigt mich! Ich muss noch ein paar Sachen einpacken und dann aufbrechen."

Sie sah mich an, und sagte: „Ich hoffe, du gewöhnst dich schnell ein. Aber ich denke, du wirst Hilfe haben."

„Das hoffe ich."

Nach kurzer Pause fügte ich hinzu: „Ich wünsche dir eine gute Reise und würde mich freuen, wenn wir in Kontakt bleiben könnten."

„Danke, ich werde mich melden und ich bin mir sicher, dass du Hilfe haben wirst."

Danach tauschten Michael und sie einen Blick, welchen ich nicht deuten konnte. Dann verließ sie das Zimmer.

Wenig später hatten wir das Frühstück beendet. Karin und Peter waren, mit Heike, zum Bahnhof gefahren, um sie zu verabschieden, Oliver war auf sein Zimmer gegangen und Michael und ich saßen noch am Esstisch.

„Hast du Lust zu einem Spaziergang, denn es ist so schönes Wetter draußen."

„Ja, lass uns gehen."

Kurze Zeit später schlenderten wir durch den großen Garten.

„Warum ist der Garten so alt und das Haus so neu?"

„Das Grundstück ist schon ziemlich lange im Besitz unserer Familie. Das alte Haus ist im

Zweiten Weltkrieg zerstört worden. Da das Geld für den Wiederaufbau fehlte, lag das Grundstück ziemlich lange brach. Erst vor ein paar Jahren haben wir dieses Haus bauen lassen. Es wurde von einem Freund, meines Vaters, entworfen und gebaut. Deshalb ist es, was die Isolierung betrifft, auf den neuesten Stand. Vor Kurzem haben wir eine Solaranlage bekommen, sodass wir einen großen Teil unseres Stroms selbst produzieren."

„Ich habe gehört, dass eure Regierung den Ausstieg aus der Atomenergie beschlossen hat."

„Ja, das stimmt. Bis zum Jahr 2022 sollen alle Atomkraftwerke abgeschaltet sein. Ich fürchte, dass der Strom bis dahin sehr teuer wird. Denn sie hat nicht nur den Atomausstieg beschlossen, sondern möchte auch die erneuerbaren Energien fördern, und dafür sind die Netze nicht vorhanden."

„Welche Pläne habt ihr für den Garten?"

„Wir überlegen einen Teil, des Gartens, als Terrasse anzulegen, damit man im Sommer draußen sitzen kann. Ein anderer Teil soll nicht wiederhergestellt, sondern der Natur überlassen werden."

Er sah zum Himmel hoch, welcher sich bewölkt hatte und sagte dann: „Wir sollten zurückgehen, wenn wir nicht nass werden wollen." Während wir langsam zurückgingen, verdüsterte sich der Himmel noch mehr.

Den restlichen Tag verbrachten wir im Haus, weil es ziemlich stark regnete. Am Nachmittag hatten wir, alle zusammen, ein Gesellschaftsspiel gespielt. Anschließend hatte ich noch ein wenig deutsche Grammatik gelernt, wobei mir Michael

geholfen hatte, indem er mich
abhörte.

Es war inzwischen Abend
geworden. Oliver war auf sein
Zimmer gegangen. Michael spielte
auf seiner Gitarre, Karin und Peter
unterhielten sich, und ich dachte
nach.

Ich dachte zurück an ein Gespräch
zwischen meiner Mutter und mir.
Dieses hatte vor einem Jahr
stattgefunden.

„Gibt es Unterschiede zwischen
den beiden Arten von Vampiren?"
„Ja die gibt es. Gebissene Vampire
können sich nicht in der Sonne
aufhalten, was bei geborenen
anders ist. Sie brauchen die Sonne
nicht zu meiden, allerdings funkeln
sie, wenn sie hineingehen, wie ein
Diamant, zumindest, bis sie sich
vollständig gewandelt haben. Der
zweite Unterschied ist, dass
gebissene Vampire bleich werden –

was bei geborenen nicht der Fall ist."

Nach kurzem Überlegen fügte sie hinzu: „Es gibt aber nicht nur Unterschiede, sondern auch Gemeinsamkeiten. Alle Vampire brauchen Blut und sie bekommen die Geschwindigkeit, das Gehör und die Nachtsicht der Vampire. Außerdem wird bei allen die Haut kälter, als die von Menschen."

„Dann war Vater ein gebissener Vampir."

Nach kurzem Zögern sagte sie mit stockender Stimme, so als bereite ihr dieses Thema immer noch Schmerzen: „Ja, so ist es."

Danach wechselte sie das Thema, indem sie sagte: „Du weißt, dass hier alle Vampire gejagt und getötet werden."

Der Themenwechsel irritierte mich, und dass was sie gesagt hatte, noch mehr, denn davon hatte ich bisher nichts gehört oder gelesen. So vermutete ich, dass etwas ganz anders dahintersteckte, doch ich kam nicht dazu sie zu fragen. Das ich hier richtig lag sollte ich später noch erfahren. Meine Mutter bekam von meinen Gefühlen wieder einmal nichts mit, denn sie fuhr ohne Pause fort: „Deshalb wäre es gut, wenn du, bevor du dich wandelst, das Land verlassen würdest."

Hier machte sie eine kurze Pause und fügte dann hinzu: „Es gibt hier eine Schüleraustauschorganisation. Ich habe schon Kontakt aufgenommen. Da du eine sehr gute Schülerin bist, wirst du ein Stipendium bekommen."

„Was wird mit dir?"

„Mach dir keine Sorgen um mich." Ich habe sie damals nachdenklich angesehen, und ich machte mir auch Sorgen. Doch sie war so unbesorgt, weshalb ich schwieg, was sich später als Fehler herausstellen sollte.

Michael unterbrach meine Gedanken, indem er sagte: „Morgen müssen wir alle früh aufstehen und sollten deshalb jetzt schlafen gehen."

Erstaunt sah ich auf die Uhr und stellte fest, dass es mittlerweile 22:00 Uhr war. Deshalb stand ich auf und sagte Gute Nacht.

Als ich in meinem Zimmer war, machte ich mich schnell bettfertig. Doch bevor ich einschlief, dachte ich wieder an das, was mir während des Spazierganges aufgefallen war und wo ich noch nicht wusste, wie ich das einordnen sollte. Das war Folgendes: Als nämlich einmal kurz die Sonne, durch die Wolken, schien, meinte ich, gesehen zu haben, dass es auf seiner Haut geglitzert hat. Doch bevor ich weiter darüber nachdenken konnte, schlief ich ein.

5. Der erste Schultag

Am nächsten Morgen war ich total nervös, denn dies war mein erster Schultag hier.

Karin hatte mich heute Morgen um 6:00 Uhr geweckt. Sie war schon angezogen und hatte kurz darauf das Haus verlassen, um zur Arbeit zu gehen.

Beim Frühstück hatte Peter zu mir gesagt: „Heute wirst du wohl bei Oliver oder Michael mit in die Bücher sehen müssen. Deine Eigenen sind bestellt, und sie sollen heute ankommen. Ich werde sie dir heute Abend mitbringen."

„Danke! Das ist sehr nett."

Ich fügte, nachdem ich Michael angesehen, und er kurz genickt hatte, hinzu: „Ich bin mir sicher, dass Michael mich gern mit hineinschauen lässt."

Kurz bevor wir das Haus verlassen hatten, gab mir Michael noch ein Ticket und erklärte: „Dies ist ein Jahresticket und es gilt für alle öffentlichen Verkehrsmittel innerhalb von Wuppertal."

Ich nahm es entgegen und sagte: „Ich werde es bezahlen, genauso wie auch die Schulbücher."

„Das brauchst du nicht, denn es wurde alles von der Organisation, über die du gebucht hast, bezahlt. Wir haben nur das Bestellen übernommen. Doch komm, lass uns gehen, denn sonst kommen wir zu spät."

Auf den Weg zur Schule fragte ich: „Wo arbeiten eigentlich Karin und Peter?"

Oliver antwortete: „Karin arbeitet als Ärztin in einem Krankenhaus und Peter als Verkäufer in einem Buchladen."

Wir fuhren erst mit dem Bus und dann mit der Schwebebahn.

Während der Fahrt erklärte
Michael: „Die Schwebebahn ist
das meistgenutzte Verkehrsmittel
im Tal. Die Fahrt von Wuppertal-
Vohwinkel nach Wuppertal-
Oberbarmen dauert etwa eine
halbe Stunde. Die Strecke ist
insgesamt 13,3 km lang, und sie
hat 20 Haltestellen."
Oliver ergänzte: „Die Wagen
stammen aus den 1970er-Jahren.
Diese werden erneuert und die
neuen Wagen sollen ab 2014
fahren. Die meisten Gerüstteile
sind, in den letzten Jahren,
erneuert worden. Außerdem
wurden die meisten Haltestellen
abgerissen und neu gebaut."
„Gab es bei diesen
Baumaßmahnen nicht einen
schweren Unfall?"
Michael antwortete: „Ja. Das war
am 12. April 1999. Es war der
erste Zug des Tages, der in ein, am
Gerüst vorübergehend, befestigtes

Bauteil prallte und dadurch abstürzte. Es gab 5 Tote und 47 Verletzte. Das war der bisher schwerste Unfall der Schwebebahn und der Erste mit tödlichem Ausgang."

„Und hat man Konsequenzen daraus gezogen?"

„Ja. Es gab einen Gerichtsprozess, wo im Berufungsverfahren die Angeklagten, welche für die Aufsicht bzw. technische Sicherheit zuständig waren, zu Bewährungsstrafen verurteilt wurden. Außerdem wurde einer der Arbeiter zu einer Bewährungsstrafe und drei andere zu Geldstrafen verurteilt.

Das Verkehrsunternehmen selbst hat alle Kosten für Versicherungen, Beerdigungen, Krankenhausaufenthalte und so weiter getragen. Außerdem wurden Probefahrten eingeführt, welche übrigens gesetzlich nicht vorgeschrieben sind."

Nach kurzer Pause fügte er hinzu: „Es gab noch einen anderen Unfall, der ziemlich bekannt wurde. Dieser passierte am 21. Juli 1950. Da gastierte der Zirkus Althoff in der Stadt. Dieser ließ seinen halbwüchsigen, vierjährigen Elefanten Tuffi, zu Werbezwecken, zwischen den Stationen Rathausbrücke (heute Alter Markt) und Adlerbrücke mit der Schwebebahn fahren. Hierbei brach das, durch die ungewohnten Geräusche und Schwingungen, nervös gewordene Tier, bereits nach einigen Metern, trompetend durch die Seitenwand des Zuges und landete kaum verletzt in der Wupper. Das ist der Fluss, über den wir jetzt fahren. Heute schmückt wupperseitig das gemalte Bild eines kleinen

Elefanten eine Hauswand am Unfallort.“

Er fügte hinzu: „Aufgrund der ausgebrochenen Panik wurden einige mitfahrende Reporter verletzt. Außerdem sind die Bilder, die man im Internet findet, alle nachträglich bearbeitet, denn sämtliche Reporter befanden sich, beim Unfall, in der Bahn.“

Als wir ausstiegen brach die Sonne durch die Wolken, und ich sah es auf Michaels Haut glitzern. Da wusste ich, dass ich mich gestern nicht geirrt hatte. Schnell sah ich zu seinem Bruder hinüber, dessen Haut auch glitzerte.

Doch ich hatte keine Zeit mehr irgendwas zu fragen, denn jetzt kamen zwei Jungen auf uns zu. Diese begrüßten Michael und Oliver herzlich.

Ich war etwas abseitsstehen geblieben und beobachtete sie.

Nach einem Moment drehte sich Michael, zu mir, um und sagte: „Jane, das sind Bill und Tim Meier. Sie sind Freunde von Oliver und mir."

Die Brüder gaben mir die Hände, und dann mussten wir uns sehr beeilen, um nicht zu spät zu kommen.

Die Schule ist ein schlichtes Gebäude und die Klassen klein. In der Klasse 12, welche ich besuche, sind wir insgesamt 20 Schüler und Schülerinnen. Hier wird viel in Gruppen gearbeitet, was mir den Einstieg leicht machte. Leider wurde ich nicht so gut verstanden, wie ich gehofft hatte. Ich nahm mir vor, das ganz schnell zu ändern.

Da es sich um eine Ganztagsschule handelt, bekommen wir auch ein Mittagessen.

Der Vormittag war inzwischen vorbei, und ich war in die Mensa gegangen. Dort traf ich Michael, und wir setzten uns zusammen.

„Ist das in Deutschland die normale Unterrichtsform?"

„Nein, es gibt sie nur an dieser Schule, welche vor ein paar Jahren neu gegründet worden ist. Morgens haben wir die normalen Fächer, wie an jeder anderen Schule auch. Das Besondere hier ist der Nachmittagsunterricht, denn dann haben wir Unterrichtsfächer, die uns auf unsere späteren Berufe vorbereiten sollen. Diese Kurse dürfen wir einmal wählen. Ich habe dir die Liste mitgebracht. "

Er reichte mir einen Zettel, auf dem Kurse standen, welche alle sehr praxisbezogen waren.

Ich wählte den Theaterkurs und Ballett. Der Theaterkurs findet dreimal die Woche und Ballett zweimal die Woche statt. Beides hatte ich schon, in London, belegt, so hoffte ich, mit diesen

Fortgeschrittenenkursen zurechtzukommen.

Heute war der Theaterkurs an der Reihe. Erfreut stellte ich fest, dass auch Michael diesen Kurs besuchte.

Unser Lehrer sagte: „Wir werden in diesem Schuljahr ein Stück einüben und aufführen. Ich habe verschiedene Stücke mitgebracht. Ihre Aufgabe, für heute, wird es sein sich das Stück auszusuchen, was sie aufführen wollen."

Den Rest der Zeit verbrachten wir damit über die verschiedenen Stücke, welche zur Auswahl standen, zu diskutieren.

Schließlich einigten wir uns auf das Stück: Romeo und Julia.

Da wir heute Morgen sehr spät dran waren, ging ich erst nach Schulschluss in das Büro und gab meine Papiere dort ab.

Michael und Oliver hatten draußen gewartet und so machten wir uns anschließend zusammen auf den Heimweg.

Auf der Rückfahrt fragte ich Oliver: „Welche Kurse belegst du denn?"

„Ich habe kein musikalisches und auch kein schauspielerisches Talent, so wie meine Geschwister es haben. Aber ich bin handwerklich begabt und möchte gern Architekt werden."

„Das ist ein schöner Beruf. Und was möchtest du beruflich machen, Michael?"

„Ich weiß noch nicht genau: entweder Sänger oder Schauspieler."

„In Deutschland Schauspieler zu werden soll angeblich leichter sein, als in anderen Ländern."

Michael meinte: „Das glaube ich nicht. Ich denke, in jedem Land gibt es Möglichkeiten. Hier gibt es auch genug Schauspieler, welche andere Berufe ausüben müssen, weil sie keine Rollen bekommen." Nach einer kurzen Pause erklärte er: „Bei Heike und mir war es so, dass unsere Talente schon früh erkannt und wir entsprechend gefördert wurden."

Als wir zu Hause ankamen, war Karin bereits da und erledigte Gartenarbeit. Michael und Oliver halfen sofort, und ich schloss mich auch an. Dabei beobachtete ich Karin und stellte fest, dass ihre Haut nicht glitzerte.

Eine Stunde später gingen wir ins Haus, da Karin mit der Zubereitung des Abendessens anfangen musste. Während Karin kochte, machten wir die Hausaufgaben.

Kurze Zeit später kam auch Peter nach Hause und er hatte mir meine Bücher mitgebracht.

Nach dem Essen setzten wir uns zusammen und spielten ein Gesellschaftsspiel.
Anschließend ging ich auf mein Zimmer, machte mich bettfertig und schlief sofort ein, denn es war ein langer Tag gewesen.

6. Die schlechten
Nachrichten

Es waren inzwischen sechs
Wochen vergangen.
Ich hatte mich mittlerweile gut
eingelebt, denn in den vergangenen
Wochen hatte Michael mit mir
intensiv Deutsch geübt, sodass ich
in der Schule sprachlich jetzt
einigermaßen zurechtkam.
Beim Theaterkurs stellte sich
heraus, dass Michael wirklich sehr
talentiert ist, weshalb er auch die
männliche Hauptrolle spielt. Da
ich schon Theatererfahrung
gesammelt hatte, wurde ich als
weibliche Hauptdarstellerin
gewählt.
Beim Ballettkurs zeigte sich mein
wahres Talent, und die Familie bot
mir zusätzlichen Unterricht in
einer Ballettschule an. Doch ich

hatte zunächst einmal um
Bedenkzeit gebeten, da ich bis
jetzt, nach diesem Jahr zurück
wollte nach London.
Dann kamen die Tage, welche
meine gesamten Zukunftspläne
zunichtemachten.
Es fing damit an dass wir an
diesem Abend wie immer, die
Nachrichten schauten und die
Sprecherin sagte: „ Hier noch
einmal die Top-Nachricht des
Tages. In der Nähe des Londoner
Hyde Parks wurde heute Morgen
eine Leiche gefunden. Die Frau
war vollständig bekleidet. Wer die
Tote ist, konnte noch nicht
ermittelt werden, und woran sie
gestorben ist, ist auch noch unklar.
Die Tote ist ca. 50 Jahre alt und hat
braunes, lockiges Haar. Wenn wir
weitere Erkenntnisse haben,
werden wir sie weiter
informieren."

Nachdem ich das gehört hatte, entschuldigte ich mich und ging nach oben auf mein Zimmer, denn ich hatte einen Verdacht.

Dort schaltete ich den Laptop ein, welcher eine Leihgabe der Familie ist und surfte zu einer Londoner Nachrichtenseite. Auf dieser gab es Bilder der Toten, welche ich sofort erkannte, denn es war die Freundin meiner Mutter Tina Schmitz.

Nachdem ich die Bilder gesehen hatte, versuchte ich, meine Mutter anzurufen, erreichte sie aber nicht. Im Internet fand ich, an diesem Abend, auch keine weiteren Hinweise über die Todesursache von Mutters Freundin und auch sie selber bekam ich nicht ans Telefon. Als ich an diesem Abend ins Bett gehen wollte, schaute Karin kurz vorbei und fragte, ob alles in Ordnung sein. Ich antwortete ihr, dass ich nur mal einen Abend allein sein wollte. Was nicht so ganz stimmte, aber sie fragte zum Glück nicht weiter nach.

In dieser Nacht konnte ich nicht schlafen, weil ich mir Sorgen machte. Das diese berechtigt waren, sollte ich am nächsten Tag erfahren. Um mich abzulenken, dachte zurück an ein Gespräch, welches meine Mutter und ich, kurz vor meiner Abreise, geführt hatten.

„Ich hatte dir gesagt, dass hier alle Vampire gejagt und getötet werden."

Ich hatte genickt, obwohl ich diese Aussage schon damals nicht geglaubt hatte, und sie fuhr fort:

„Es tut mir leid, denn das war nicht so ganz die Wahrheit."

Jetzt war ich neugierig und sagte:

„Dann erzähle sie mir jetzt."

„Ich habe, vor einem halben Jahr, deinen Vater wiedergesehen. Er hatte mich erst irritiert und dann wütend angesehen."

„Wieso?"

„Ich war damals, von ihm, nicht nur gebissen worden, sondern er hatte sehr viel von meinem Blut getrunken, um seine Wandlung zu schaffen. Ich überlebte nur, weil ich schnell gefunden wurde und ziemlich viel Blut bekam."

„Das hast du mich schon einmal erzählt, Mutter. Das erklärt aber nicht, warum er dich wütend angesehen hatte."

„Ich denke, er ist immer noch wütend auf mich, weil ich ihn damals verlassen habe. Und ich habe angefangen, mich zu wandeln, anstatt zu sterben."

Auch diese Aussage war, wie ich inzwischen wusste nur halb wahr, doch ich korrigierte sie nicht, denn mit ihr darüber zu diskutieren war zwecklos, weil sie mir gar nicht zugehört hätte. Stattdessen fragte ich noch einmal: „Du bist also eine Vampirin?"

„Ich bin halb Mensch und halb Vampirin, und ich weiß nicht, welche Seite siegen wird. Doch ich hoffe, es ist die Menschliche." Wieder glaubte ich ihr nicht, dass sie keine richtige Vampirin war – doch auch jetzt wusste ich, sie würde ihre Meinung nicht ändern, denn meine Mutter glaubte immer nur das, was sie glauben wollte. Damals habe ich schnell noch einmal nachgedacht und wurde unsicher, ob ich überhaupt recht hatte, denn ich hatte sie nie Blut trinken sehen.

Deshalb wechselte ich das Thema. „Wird Vater dir wieder wehtun?"

„Ich weiß es nicht, und ich weiß auch nicht, wie er reagieren würde, wenn er dich sieht. Du hast das gute Aussehen von ihm und meine Augen. Das heißt, er würde dich, auf jeden Fall, erkennen und deshalb ist es gut und auch wichtig, wenn du das Land verlässt."

Am nächsten Tag war ich ziemlich unkonzentriert in der Schule.

In der Mittagspause fragte Michael, welcher erstaunlicherweise gestern Abend nicht mehr bei mir gewesen war, wie mir jetzt erst auffiel: „Was ist denn los mit dir?"

„Ich habe schlecht geschlafen."

Er sah mich an, als wollte er noch etwas sagen, tat es dann aber doch nicht.

Im Theaterkurs hatten wir, bis jetzt, das Stück einmal ganz gelesen und es dabei gekürzt.

Heute lasen wir mit verteilten Rollen.

Auf der Heimfahrt dachte ich nach.

Die Brüder unterhielten sich leise, aber ich bekam von ihrem Gespräch nichts mit.

Zu Hause angekommen ging ich direkt auf mein Zimmer und versuchte, meine Freundin Doro anzurufen. Da ich sie nicht erreichte, schrieb ich ihr eine SMS, in der ich sie bat zurückzurufen. Nach einem weiteren Versuch meine Mutter zu erreichen, schaute ich im Internet nach, ob es neue Informationen gab. Dort stand, dass die Tote inzwischen als Tina Schmitz identifiziert werden konnte und die Todesursache Blutmangel gewesen war.

Dann klingelte mein Smartphone. Mit einem Blick, auf die Nummer, stellte ich fest, dass es Doro war, und nahm den Anruf an.

„Hallo! Was ist los?"

„Hast du meine Mutter, in der letzten Zeit, gesehen? Ich erreiche sie nicht und habe das Gefühl, da ist etwas Schreckliches passiert."

„Nein. Aber ich gehe gern hin und sehe nach. Ich rufe dich dann wieder an."

„Danke. Das ist lieb von dir. Bis gleich!"

Inzwischen hatte ich den Laptop ausgeschaltet und versuchte mich auf die Hausaufgaben zu konzentrieren. Da klingelte mein Smartphone wieder.

Als ich abnahm, sagte Doro:

„Hallo! Ich bin es noch mal. Ich war bei euch, zu Hause, und deine Mutter war nicht da. Aber eine Nachbarin sagte mir, dass sie, sie gestern noch gesehen hatte. Ich würde mir keine Sorgen machen. Deine Mutter ist eine erwachsene Frau und kann auf sich aufpassen."

„Ich hoffe, du hast recht und danke für das Nachsehen."

Ich wurde, von einem Klopfen, unterbrochen und Michael sagte, dass es Essenszeit sei. Schnell beendete ich mein Gespräch und ging hinunter.

Beim Essen beteiligte ich mich nicht am Gespräch. Ich bemerkte, dass Michael mich immer wieder besorgt ansah, aber er schwieg.

Nach dem Essen sahen wir, wie immer, die Nachrichten.

Die Sprecherin sagte: „ Heute hat man, in der Nähe des gestrigen Tatorts, eine zweite Leiche gefunden. Diese konnte inzwischen identifiziert werden. Der Name ist Anna White, und die Ermittler gehen davon aus, dass sie vom selben Täter ermordet wurde. Es wird alles dafür getan, diesen möglichst schnell zu finden."

Karin fragte: „Kanntest du diese Frau?"

Mit zittriger Stimme antwortete ich: „Ja, sie war meine Mutter."

Danach brach ich weinend zusammen und erinnerte ich mich an nichts mehr.

7. Das Erwachen

Als ich wieder zu mir kam, wusste ich, erst nicht, wo ich mich befand und wie viel Zeit vergangen war. Außerdem wusste ich nicht, was passiert war. Erst langsam setzte sich alles zusammen. Ich befand mich in meinem Zimmer, welches abgedunkelt worden war. Von draußen hörte ich leise Stimmen und dann klopfte es. Die Tür wurde geöffnet, und Karin kam ins Zimmer.

Ich setzte mich auf, denn man hatte mich auf mein Bett gelegt.

„Guten Morgen. Wie ich sehe, bist du wach, und dir scheint es besser zu gehen."

„Was ist passiert? Ich kann mich an nichts erinnern."

„Du bist zusammengebrochen, weil du eine ganz schlimme Nachricht erhalten hattest."

In diesem Moment kam die Erinnerung zurück, und ich wusste wieder, was passiert war. Wie betäubt sagte ich langsam und mit ganz leiser Stimme: „Ich erinnere mich wieder. Was ist danach geschehen?"

„Michael hatte dich nach oben getragen und du hattest die ganze Nacht und den nächsten Tag hindurch geschrien und geweint. Ich wollte dir schon ein Beruhigungsmittel geben, aber dann bist du von allein in einen tiefen Schlaf gefallen und jetzt eben wieder aufgewacht."

„Wie lange hatte ich geschlafen?"

„Ungefähr zwölf Stunden. Es ist Montagmorgen und ich muss gleich zur Arbeit."

Sie ging zur Tür, drehte sich aber noch einmal um und sagte: „Ich habe dir, für heute, eine Entschuldigung geschrieben.

Michael wird sie mitnehmen. Ich
bin gegen Mittag wieder da."
Ich dankte ihr und sie ging.
Bevor Michael und Oliver gingen,
kam Michael noch kurz zu mir.
„Wie geht es dir?"
„Mir ist schwindelig."
„Kein Wunder du hast lange nichts
gegessen und getrunken. Ich sage
Peter, dass er dir etwas
hochbringen soll."
„Danke das wäre nett."
Nach kurzem Überlegen fügte ich
hinzu: „Mach dir keine Sorgen um
mich."
Michael sah aus, als wollte er
widersprechen. Doch dann sagte er
nur: „Ich muss gehen. Wir sehen
uns heute Nachmittag."
Mit diesen Worten ließ er mich
allein und schloss die Tür.
Eine halbe Stunde später brachte
mir Peter ein richtig großes
Frühstück mit einer großen Kanne
Tee.

„Ich bin unten. Wenn du noch etwas brauchst, sag Bescheid."

„Danke für das Bringen des Frühstücks."

„Gern geschehen." Mit diesen Worten ließ er mich allein, und ich fing an, zu frühstücken.

Beim Essen merke ich erst, wie hungrig ich war, denn ich aß alles auf.

Anschließend duschte ich. Danach fühlte ich mich körperlich wieder besser. Doch es bleibt das Loch, welches die Ermordung meiner Mutter in meinem Herzen gerissen hat.

Auch wenn es mir schwerfiel, beschloss ich, dass es Zeit war, mich den Nachrichten zu stellen, die ich verpasst hatte. So sah ich, als Erstes, auf meinem Smartphone nach und stellte fest, dass ich eine SMS hatte. Diese war von Doro, welche mir mitteilte, wie leid es ihr tut. Ich schrieb ihr eine SMS zurück, in der ich versprach, mich bald ausführlich zu melden.

Dann schaltete ich den Laptop ein und surfte direkt zu der Londoner Nachrichtenseite, von der ich wusste, dass sie Informationen lieferte, die andere Seiten nicht hatten. Dort stand, dass man am Hals von Tina Schmitz Bissspuren gefunden hatte. Außerdem hatte man herausgefunden, dass der Tod von Anna White durch eine Stichverletzung verursacht worden war.

Diese Informationen hatten mir gefehlt, und sie bestätigten meine Ahnung, welche ich vorher schon gehabt hatte.

Jetzt wusste ich mit ziemlicher Sicherheit, was passiert war und das war, dass bei meiner Mutter die Vampirseite gesiegt hatte. Da sie die Regeln nicht kannte und Tina bei ihr gewesen war, denn sie hatten einen ihrer gemeinsamen

Auftritte im Pub gehabt, hatte
meine Mutter von ihr getrunken.
Durch ihren Geruch, an dem
Leichnam, war unser Rat, welcher
die Einhaltung der Regeln
überwacht, auf sie aufmerksam
geworden und hatte sie gepfählt.
Nachdem ich das was es an neuen
Informationen gab, gelesen hatte,
schaltete ich den Laptop aus und
sah auf die Uhr. Es war fast
Mittag.

Da ich nicht den ganzen Tag in
meinem Zimmer verbringen
wollte, beschloss ich, dass mir ein
Spaziergang guttun würde, denn
ich war lange nicht mehr an der
frischen Luft gewesen. Auf den
Weg nach draußen machte ich
einen Umweg und räumte in der
Küche mein Frühstücksgeschirr
weg.

Danach ging ich in den Garten, wo
ich Peter fand, welcher die Bäume
schnitt.

„Kann ich helfen?"

„Ja, du kannst die Äste schreddern, damit sie kompostiert werden können."

Er legte sein Gerät zur Seite, kam dann zu mir herüber und sagte:

„Ich zeige dir, wie man die Maschine bedient."

Bei diesen Aufgaben fand uns Karin, als sie eine Stunde später kam.

Wenig später machten wir Schluss, denn Peter musste los zur Arbeit, weil er heute Spätdienst hatte.

Mir hatte die körperliche Arbeit geholfen den Kopf freizubekommen.

8. Gespräch mit Karin

Als Peter gegangen war, machte Karin uns ein leichtes Mittagessen. Zum Essen setzten wir uns, nach draußen, auf die neu entstandene Terrasse, welche bei der Umgestaltung des Gartens angelegt worden war.

Beim Essen fragte sie plötzlich: „Warum glitzert deine Haut?" Erschrocken sah ich selbst hin und bemerkte ein ganz leichtes Glitzern, welches aber in der Sonne deutlich zu sehen war. Ich wusste, dies war das erste Anzeichen meiner bevorstehenden, endgültigen Wandlung, was aber noch dauern würde, weil es erst sehr schwach war. Mit zunehmender Verwandlung wird es immer stärker, bis es dann am Ende wieder verwindet. All das hatte ich gelesen.

Da ich ihr die Wahrheit nicht sagen konnte, denn dass war verboten, beschloss ich, das Thema nur allgemein zu behandeln.

Sie spürte, dass ich nicht antworten wollte, und drängte mich nicht weiter. Das war gut so, denn dann brauchte ich nicht zu lügen.

Nach einer kurzen Pause fragte ich: „Glaubst du an Legenden?"

„Ja. Es gibt sogar eine ganz, besonders schöne, wie der Name von Wuppertal-Elberfeld entstanden sein soll."

„Erzählst du sie mir."

„Der Sage nach ist Elberfeld entstanden, als dort, wo heute Elberfeld liegt, nur Wald war. In der Nähe wohnte ein Ritter, den ein treuer Knecht auf allen Zügen begleitete.

Die beiden waren zur Jagd über den Rhein gezogen. Das ist ein Fluss in der Nähe von Düsseldorf.

Plötzlich sahen sie hinter sich eine
Schar von Reitern heran preschen,
mit der Absicht sie zu töten. Der
Ritter und sein Knecht flohen,
denn der Feind war in der
Überzahl. Ihre Pferde fielen in
raschen Galopp, doch die Feinde,
hinter ihnen, rückten unaufhaltsam
näher. Voller Entsetzen sah sich
der Ritter immer wieder um und
panische Angst befiel ihn, denn ein
Entkommen schien unmöglich.
Schon wollte er aufgeben und sich,
in einem letzten verzweifelten
Kampf, den Feinden stellen, als
sein Knecht ihm zurief: „ Herr,
fürchte dich nicht! Ich weiß in der
Nähe eine Furt über den Fluss. Ich
führe dich sicher hinüber!"
Und so geschah es: Während der
Ritter und sein Knecht auf
sicherem Grund den Fluss
überquerten, wurden die Verfolger
von der starken Strömung
abgetrieben. Sie mussten tatenlos

zusehen, wie die beiden Gejagten das andere Ufer erreichten.

Einige Zeit darauf erkrankte die Frau des Ritters. So viele Ärzte man auch zurate zog, keiner konnte ihr helfen.

Schließlich fand man einen Arzt, der dem Ritter erklärte: „ Unsere Heilmittel helfen hier nicht mehr. Das einzige Heilmittel, was noch hilft, ist frische Milch von einer Löwin. Damit könnte die Kranke genesen."

Kaum hatte der treue Knecht diese Worte gehört eilte er fort. Nach einer Stunde kam er wieder und brachte Löwenmilch in einem Gefäß. Die Rittersfrau trank davon und wurde zur Freude aller wieder gesund.

Alle jedoch, die den Knecht fragten, woher er denn die Löwenmilch hatte, denn hier im Land gab es keine Löwen, bekamen ausweichende

Antworten. Das machte den Ritter misstrauisch. Da er die übernatürlichen Kräfte des Knechts fürchtete, entließ er den Knecht, der ihm stets treu gedient hatte. Dieser war darüber sehr traurig und bat seinen Herrn den Entschluss zu überdenken. Doch der blieb dabei.

Zum Abschied erbat sich der Knecht als Lohn, für seine langjährigen Dienste, fünf Taler. Von diesem Geld kaufte er ein kleines Glöckchen, das er an der schönsten Stelle im Wald aufhängen ließ.

Schon bald tat es dem Ritter leid, dass er seinen Knecht hatte ziehen lassen, denn nie mehr diente ihm jemand so treu. Sooft er sein Pferd bestieg, um in den Kampf zu ziehen, oder auf die Jagd zu gehen, dachte er an den guten Diener. Dieser kehrte jedoch nie wieder zurück.

Irgendwann kam dann dem Ritter die Erkenntnis, dass er ein guter Geist oder Elbe gewesen sein muss. Immer wenn er, im Wald, das leise Klingen des Glöckchens hörte, dachte er, voll Wehmut, an den verlorenen Knecht.

Es dauerte nicht lange, da hieß die Stelle des Waldes, an der das Glöckchen hing "Elbenfeld". Überall, im Land, erzählte man sich von diesem wundersamen Ort. Wenn dann neugierige Wanderer zum Elbenfeld kamen, das Glöckchen hörte und das herrliche Wiesental am rauschenden Fluss sahen, mochten viele, von ihnen, den Ort nicht mehr verlassen. Sie bauten dort ihre Hütten, und so entstand, auf dem Elbenfeld, ein kleines Dorf und später eine Stadt, die den Namen Elberfeld erhielt."

Als sie fertig war, sagte ich: „Das ist eine schöne Geschichte.

Glaubst du, dass sie wahr sein könnte?"

„Das weiß keiner. Aber ich mag gute Geschichten, und du hast recht, diese ist schön und spannend zugleich."

„Magst du dann auch Fantasy Romane und Filme?"

„Ich mag alle guten Bücher und Filme. Meine Lieblingsbücher sind Liebesromane mit Happy End."

„Hast du auch die Bücherreihen Tagebuch eines Vampirs und die Biss Reihe gelesen? Ich finde beide Reihen toll und auch die Filme. Bei Tagebuch eines Vampirs gefällt mir die Serie sogar noch besser, als die Bücher."

„Diese Reihen sind mir zu modern. Ich finde die alten Vampir Filme besser."

Hier machte sie eine Pause, um zu überlegen.

Dann sagte sie: „Ich mag den Film Dracula, denn dieser Film bedient alle Klischees, die man von den Wesen der Nacht so hat."

„Du meinst, dass sie in Särgen schlafen, das Sonnenlicht meiden und Blut trinken."

Hier machte ich eine Pause und fragte dann: „Doch was wäre, wenn das nur zum Teil stimmt und sie so wären wie in der Biss Reihe? Ich stelle mir immer vor, sie würden unter uns leben, und ich könnte einen Partner finden, wie Bella einen hat. Einen der mich wirklich liebt und mit mir alles teilt."

„Solche Typen gibt es doch auch in echt, und es müssen keine Vampire sein. Peter zum Beispiel würde alles für mich tun."

„Glaubst du, dass die Vampire, heute noch, unter uns leben?"

„Ich weiß nicht. Darüber habe ich mir noch keine Gedanken gemacht."

Nach kurzem Nachdenken fügte sie hinzu: „ Ich glaube nicht, dass es Vampire je gab. Ich denke, sie sind erfundene Gestalten."

An diesem Punkt unterbrach ihr Handy unser Gespräch, denn sie wurde noch einmal in die Klinik gerufen, weil es dort Schwierigkeiten gab.

Ich nutzte die Zeit, die ich allein war, um die versprochene lange E-Mail an Doro zu schreiben. Darin bat ich sie auch ihren Vater auszurichten, dass er sich um die Angelegenheiten, welche mit der Ermordung meiner Mutter zusammenhingen, kümmern soll.

Ihr Vater ist Notar, und meine Mutter hat dort eine Vollmacht hinterlegt für den Fall, dass sie sterben sollte und ich noch nicht volljährig bin.

Anschließend setzte ich mich auf die Terrasse, um den Text für unser Theaterstück zu lernen.

9. Gespräch mit Michael

Dort fanden mich Michael und Oliver, als sie nach Hause kamen. Karin war noch nicht zurückgekommen.

Oliver wollte sich mit Bill und Tim treffen und verließ das Haus bald wieder.

Michael setzte sich, zu mir, und sagte: „Ich habe mir große Sorgen gemacht, als du zusammengebrochen warst und nur noch geschrien und geweint hattest. Es tut mir sehr leid, was passiert ist."

Da es mir sehr schwer fiel darüber zu reden, sagte ich mit ganz leiser Stimme: „Danke, Michael."

Weil ich ihn dabei ansah, bemerkte ich das Glitzern auf seiner Haut, was schon etwas stärker war als bei mir und wusste endgültig, dass ich mich nicht geirrt hatte. Er war, genauso wie ich, ein geborener Blutsauger. Da entschloss ich mich, ihm die Wahrheit zu sagen, weil ich vermutete, dass er sie nicht kannte und ich nicht noch einmal jemanden verlieren wollte, der mir viel bedeutet. Doch anders als meine Mutter wollte ich ihn so gut wie möglich vorbereiten, deshalb erzählte ich zunächst einmal von mir: „Die Ermordung meiner Mutter macht mich zwar sehr traurig, aber ich hätte London sowieso verlassen müssen. Zumindest für eine gewisse Zeit."

„Wieso?"

„Meine Mutter hatte ihr Heimatland verlassen und war nach London gezogen. Dort wurde ich geboren und bin auch dort aufgewachsen. Mein Vater hat keine Ahnung, dass es mich gibt, und er ist in London. Meine Mutter hatte mir erzählt, dass ich ihm sehr ähnlich sehen würde. Und ich habe nicht die Absicht ihn kennenzulernen."

„Ich verstehe."

Hier sah ich ihm direkt in die Augen, weil ich seine Reaktion, auf das, was ich jetzt sagte, sehen wollte und meinte dann: „Das glaube ich nicht."

Ich sah Michael an, dass er nicht verstand, was ich meinte und beschloss ihm zu zeigen, was los ist. Also stellte ich mich in die Sonne und sagte: „Sieh genau hin, und sage mir, was du siehst."

„Deine Haut glitzert in der Sonne und das ist wunderschön."

Nachdem ich mich wieder gesetzt hatte, forderte ich ihn auf:

„Jetzt stell du dich bitte in die Sonne und sieh dir deine Haut an."

Er sah mich irritiert an, tat dann aber, was ich wollte und meinte:

„Meine Haut glitzert auch wie ein Diamant."

Er kam zu mir zurück, setzte sich wieder und fragte dann ängstlich: „Was bedeutet das?"

Ich antwortete nicht direkt, weil ich ihn erst noch etwas weiter vorbereiten wollte. Stattdessen fragte ich: „Was weißt du über Vampire? Glaubst du, dass sie heute noch unter uns leben?"

„Ich weiß, dass sie in Särgen schlafen sollen, das Licht scheuen und Blut trinken. Ich weiß nicht, ob sie je gelebt haben oder nur ein Produkt der Filmindustrie sind. Doch warum fragst du?"

Ich wusste, der Moment der Wahrheit war gekommen - doch ich atmete zunächst einmal tief ein und wieder aus. Dann sagte ich: „Michael ich muss dir jetzt etwas sagen, was dein Leben verändern wird: nämlich die Wahrheit über dich – über deine wahre Natur. Und weder Karin noch Peter konnten dir das sagen, denn sie wissen es nicht und du darfst auch nicht mit ihnen darüber sprechen." Er sah mich fragend an, und ich holte noch einmal tief Luft, bevor ich sagte: „ Diese Art von Vampiren gibt es nur in Filmen oder Büchern. Doch es gibt Vampire unter uns und du, dein Bruder und ich sind welche. Wir gehören zur Gruppe der geborenen Blutsauger. So nennt man die Kinder, die aus einer Beziehung zwischen einem Vampir und einem Menschen entstehen. Wobei die Mütter die Geburt meistens nicht überleben und die Kinder adoptiert werden. Die andere Gruppe sind die gebissenen Vampire. Das sind Menschen, die gebissen werden und sich dann wandeln. Zu dieser Gruppe gehörte meine Mutter, obwohl sie, bis zum Schluss, nicht daran geglaubt hat, dass sie eine Vampirin war."

Hier machte ich eine Pause, um ihm die Gelegenheit zu geben, diese Informationen aufzunehmen. Er unterbrach die Stille und fragte ungläubig: „Dann ist Karin nicht meine Mutter? Und Peter nicht mein Vater?"

„So ist es. Ich glaube, Olivers und deine Mutter sind bei eurer Geburt gestorben, und ihr wurdet von Karin und Peter adoptiert. Denn ihr beiden seht weder Karin noch Peter ähnlich. Doch eure Mutter muss sehr schön gewesen sein, denn ihr seid alle beide bildhübsch. Euer Vater war, mit Sicherheit, ein Vampir."

„Was ist mit Heike? Ist sie ein Mensch oder eine Vampirin?"

„Diese Frage kann ich nicht beantworten, denn dazu kenne ich sie zu wenig. Bei euch habe ich es auch erst am Glitzern eurer Haut erkannt."

„Wieso konnte deine Mutter
überleben?"
Obwohl es mir nicht leicht viel
jetzt darüber zu sprechen rang ich
mich dazu durch ihn die
Geschichte in Kurzform zu
erzählen: „Meine Mutter hat die
Geburt überlebt, weil mein Vater
sie, bei seiner Wandlung, gebissen,
aber nicht getötet hatte, wodurch
sie angefangen hatte, sich zu
wandeln. Da sie aber wie tot dalag,
denn ein Biss lähmt für kurze Zeit
den Körper, war mein Vater
abgehauen, ohne sich um sie zu
kümmern. Ich denke, mein Vater
war ziemlich verwirrt, denn er ist
wahrscheinlich nicht aufgeklärt
worden. Meine Mutter hatte mir
erzählt, dass er später noch ein
paar Mal angerufen hatte. Sie war
aber nicht mehr ran gegangen, und
so hatte er irgendwann
aufgegeben."

Michael sah mich entsetzt an und fragte: „Wie ging es dann weiter?"

„Meine Mutter wurde etwa eine halbe Stunde später gefunden und in ein Krankenhaus gebracht. Dort bekam sie Blutkonserven und man stellte fest, dass sie vergewaltigt worden war."

„Wenn sie Blutkonserven brauchte, wurde sie nicht nur gebissen, sondern er hatte auch von ihr getrunken."

„So war es. Nach der Entlassung, aus dem Krankenhaus, zog sie nach London, wo sie feststellte, dass sie schwanger war, und ich wurde dort geboren und wuchs dort auf."

Hier musste ich eine Pause machen, weil ich mit den Tränen kämpfte und er legte tröstend den Arm um mich - doch er sagte nichts mehr, bis ich mich wieder beruhigt hatte.

Als er dann die Stille brach, hatte
er das Thema gewechselt, was gut
war. „Ich verstehe immer noch
nicht, warum du London verlassen
willst. Dir hat doch dein Vater
nichts getan."

„Weil ich meinen Vater hasse, für
das, was er meiner Mutter angetan
hatte und ich nicht weiß, ob ich
mich beherrschen könnte, wenn
ich ihm begegnen würde. Wenn ich
es nicht kann, wird es schlimme
Folgen für mich haben. Was ich
damit meine wirst du später noch
verstehen, wenn ich dir alles
erklärt habe. Es ist vielleicht auch
nicht für immer – aber ich möchte
dort nicht mehr dauerhaft leben."

In diesem Moment wollte ich nicht
weiter darüber reden, weil mich
das alles zu traurig machte.
Deshalb wechselte ich nach einer
kurzen Pause das Thema.

„Ich muss dir noch einiges
erklären, was du wissen musst,

wenn du als Vampir überleben willst."

Ich wollte sicherstellen, dass er mir jetzt genau zuhörte, und wartete deshalb, bis er mich fragend ansah. Dann fuhr ich fort: „Das Glitzern unserer Haut ist das erste Anzeichen unserer bevorstehenden, endgültigen Wandlung. Diese dauert, in der Regel, drei Tage. Es gibt aber auch Vampire, wo sie sich über mehrere Monate hinzieht. Das ist bei jedem Vampir unterschiedlich. Du wirst merken, dass du nach und nach immer mehr die Nachtsicht der Vampire, ihre Schnelligkeit und ihr Gehör entwickeln wirst. Außerdem wird dein Blutdurst sich entwickeln, weil auch wir Geborenen Blut brauchen, um die Wandlung zu schaffen. Das Blut was wir trinken, stammt von Tieren. Sind wir gewandelt, genügt, wenn sich unsere Augen anfangen zu verfärben eine Blutmahlzeit. Den Rest der Zeit können wir menschliche Nahrung essen. So ist es uns möglich, mit ihnen zusammenzuleben und sie nicht nur als Nahrungsquelle zu betrachten."

„Verschwindet das Glitzern der Haut denn wieder?"

„Ja, sobald wir vollständig gewandelt sind."

„Ich habe dir jetzt das erzählt, was du im Augenblick wissen musst. Den Rest kannst du so nach und nach erfahren."

Hier machte ich eine kleine Pause und fügte dann hinzu: „Ich hoffe, ich habe dich nicht zu sehr geschockt."

„Ich muss das erst einmal verarbeiten."

„Das glaube ich dir. So ist es mir auch ergangen, als ich von meiner Mutter aufgeklärt wurde. Dennoch muss ich dich um etwas bitten. Da ich keinen so guten Kontakt zu deinem Bruder habe, könntest du bitte mit ihm reden. Es wäre nicht so gut, wenn er die Regeln brechen würde."

Weil wir, in diesem Augenblick, Schritte hörten, nickte er als Antwort, und wir wechselten das Thema.

Wenig später gingen wir ins Haus. Karin, welche zurückgekommen war, bereitete das Essen zu und Michael und ich machten Hausaufgaben. Ich machte sie, um mich abzulenken und auch, weil ich morgen wieder, zur Schule, gehen wollte.

Nach dem Essen lernten Michael und ich noch etwas Text. Wir wurden kurz unterbrochen, als Oliver zurückkam. Dieser ging aber sofort weiter in sein Zimmer, um Hausaufgaben zu machen. Später am Abend spielten wir mit Karin und Peter ein

Gesellschaftsspiel. Danach war es
Zeit ins Bett zu gehen.

Als ich nach oben gehen wollte,
fragte Karin: „Soll ich dir für
morgen noch eine Entschuldigung
schreiben?"

„Nein, danke. Ich möchte morgen
wieder zur Schule gehen. Je eher
ich zur Normalität zurückkehre
desto besser. Gute Nacht!" Mit
diesen Worten ging ich und schlief
diese Nacht fest und traumlos.

10. Der Entschluss

Am nächsten Morgen kam Karin kurz zu mir und fragte: „Möchtest du heute wirklich zur Schule gehen?"

„Ja, denn die Ablenkung hilft mir zu vergessen, und mich wieder im Alltag zu Recht zu finden."

„Du bist so tapfer und stark." Hier hielt sie kurz inne und erklärte dann: „Ich kann mich an keinen Fall erinnern, wo die Leute schon so früh, nach einem solchen Schock, in den Alltag zurückgekehrt sind, aber ich akzeptiere deine Entscheidung." Nachdem sie auf die Uhr gesehen hatte, fügte sie hinzu: „Ich muss gehen. Wir sehen uns dann heute Nachmittag."

Als sie gegangen war, sah ich auf die Uhr und stellte fest, dass es fast Zeit zum Aufstehen war.

Als ich eine halbe Stunde später, zum Frühstück, nach unten kam, traf ich dort auf Peter, Oliver und Michael. Oliver sah mich erstaunt an, sagte aber nichts. Peter und Michael erwiderten meinen Gruß. Während des Frühstücks unterhielten sich Peter und Oliver miteinander. Michael und ich schwiegen. Ich sah, dass Michael sehr nachdenklich aussah.

Als wir uns auf den Weg zur Schule machten, fragte ich Michael: „Was ist los? Du bist so still heute."

Er schien mich nicht gehört zu haben, denn er antwortete nicht. Der Vormittag verging ohne das geringste Vorkommen. Keiner der Klassenkameraden sprach mich, auf das Geschehene, an, was mich zunächst wunderte. Doch als ich sie beobachtete, konnte ich mir ihr Verhalten erklären. Sie wussten, was geschehen war – hatten aber

Angst das Falsche zu sagen, und so schwiegen sie. Was mir sehr lieb war, denn ich wollte nicht darüber nachdenken, oder gar reden, weil ich nicht wusste, ob ich die Tränen zurückhalten konnte.

In der Mittagspause sagte Michael endlich: „Tut mir leid, dass ich so still war. Doch ich habe über unser gestriges Gespräch nachgedacht."

„Hast du schon mit deinem Bruder gesprochen?"

„Nein, aber ich werde das heute Nachmittag nachholen, und davor habe ich Angst."

„Warum?"

„Weil Oliver sehr impulsiv sein kann und sich nur schwer unterordnet. Zu Hause fällt das nicht so auf, denn er liebt Karin und Peter."

An dieser Stelle wurden wir, von der Schulglocke, unterbrochen, welche uns zu den Nachmittagskursen rief.

Heute hatte ich Ballett, was mir, wie immer, großen Spaß machte. Nicht zum ersten Mal fragte ich mich, ob mein Talent ausreichte, um Ballerina zu werden. Ich beschloss, es herauszufinden und zusätzlichen Ballettunterricht zu nehmen. Diesen wollte ich selber finanzieren, und dazu musste ich Geld verdienen.

Auf der Heimfahrt sprachen wir nicht sehr viel.

Als wir zu Hause ankamen, nahm Michael seinen Bruder am Arm, und sagte: „Wir müssen miteinander reden."

Die beiden gingen hinaus in den Garten, während ich nach oben in mein Zimmer ging. Dort schrieb ich gerade eine E-Mail an Doro, als Michael hereinkam. Ich beendete sie rasch.

„An wen hast du geschrieben?"

„An eine Freundin in London."

„Ich weiß kaum etwas darüber, wie
dein Leben dort war, denn du
sprachst so wenig davon."
„Mein Leben dort war sehr
selbstständig, da meine Mutter
immer viel unterwegs war.
Zweimal die Woche arbeitete ich
nachmittags in einem Buchladen.
Von diesem Geld finanzierte ich
meinen Ballettunterricht, welchen
ich einmal die Woche nahm.
Außerdem war ich Mitglied in
einer Laientheatergruppe.
Nach kurzer Pause fügte ich hinzu:
„ Ich würde gern wieder arbeiten,
und von dem Geld zusätzlichen
Ballettunterricht nehmen. Mein
Wunsch ist es entweder Ballerina
oder Schauspielerin zu werden."
„Du hast Talent zu beiden.
Übrigens brauchen auch
Schauspieler und
Schauspielerinnen eine
Ballettausbildung."

Nach kurzem Überlegen fügte er hinzu: „Du hattest gesagt, du hattest schon in einem Buchladen gearbeitet. Frag doch mal Peter. Er erzählte, in seinem Laden würden Aushilfen gesucht."

„Mach ich! Danke für den Tipp!" Nach kurzer Pause fragte ich: „Wie reagierte dein Bruder?"

„Er hat es ruhiger aufgenommen, als ich erwartet hatte."

Hier machte er eine Pause, um zu überlegen.

Dann sagte er: „Doch da fällt mir ein: Du hattest am Schluss unseres gestrigen Gespräches gesagt, dass es Regeln gibt. Was meintest du damit?"

„Diese Regeln lassen sich in einem Satz zusammenfassen und dieser lautet: So wenig wie möglich auffallen. Außerdem dürfen wir keinen Menschen sagen, was wir wirklich sind."

„Wie soll das gehen, wenn wir
Blut brauchen? Ich glaube mich zu
erinnern, dass du gestern gesagt
hattest, dass dieses von Tieren
stammt. Das musst du näher
erklären, denn so verstehe ich es
nicht."

„Du hast recht. Das habe ich
gestern schon kurz erwähnt – aber
nicht erklärt. Ich denke, jetzt ist es
an der Zeit das nachzuholen. Es ist
uns, vor zwei Jahren, verboten
worden Menschenblut zu trinken,
denn es gab viel zu viele Opfer.
Das sind die Todesfälle, welche in
den Zeitungen oder im Internet
stehen und nie aufgeklärt werden.
Deshalb hat der Rat der Vampire
mit den Schlachthöfen weltweit
einen Vertrag geschlossen, dass sie
das Tierblut bekommen. Dieses
findet man in einem Internetshop,
dessen Seite nur Vampire
entziffern können und außerdem in
einem Laden, welcher sich in

London befindet. An beiden Stellen wird es umsonst abgegeben. Das Blut gibt es in zwei Formen: In Flaschen abgefüllt zum sofort trinken oder als Pulver, welches man in Wasser auflösen muss und es dann trinken kann."

"Was ist der Rat der Vampire?"

„Der Rat, das sind die Vampire, welche die Einhaltung der Regeln überwachen und bei Übertretung die Strafen festsetzen. Es gibt zwei Arten der Strafe: Entweder man darf sich dem Rat anschließen oder man stirbt."

Da er in diesem Augenblick keine weiteren Fragen hatte, denn es war eine Stille entstanden, sah ich auf die Uhr und stellte fest, dass es fast Zeit für das Abendessen war. So gingen wir zusammen nach unten. Beim Abendessen sah ich Oliver an, dass er noch viele Fragen hatte, aber er sagte nichts. Michael seufzte, denn auch er hatte es gesehen. Als wir beiden uns ansahen, fragte ich ihn leise: „Soll ich beim Gespräch dabei sein?" Als Antwort schüttelte er stumm den Kopf.

Nach dem Essen setzte ich mich zu Karin und Peter. Michael und Oliver waren nach oben gegangen. Ich sagte zu Peter: „Michael sagte die Buchhandlung, in der du arbeitest, würde Aushilfen suchen."

„Ja, das stimmt. Warum fragst du?"

„Ich habe schon in einer Buchhandlung gearbeitet und würde gern wieder etwas eigenes Geld verdienen."

„Ich frage gern nach."

„Danke! Ich muss noch Hausaufgaben machen." Mit diesen Worten ging ich nach oben. Als ich mit den Hausaufgaben fertig war, stellte ich fest, dass es

Zeit war, ins Bett zu gehen. So machte ich mich schnell bettfertig und versuchte zu schlafen.

11. Gedanken einer Nacht

Aber in dieser Nacht konnte ich erst einmal nicht einschlafen, sondern dachte nach.

Ich dachte an das, was ich nie gehabt hatte: nämlich eine richtige Familie, welche ich mir jedoch immer gewünscht hatte. Doch der Gedanke machte mich so traurig, dass ich ihn schnell beiseiteschob.

Dann dachte ich über mein Verhältnis zu meiner Gastfamilie nach. Ich war eine Fremde gewesen, und sie hatten mich, wie ein Familienmitglied, aufgenommen.

Karin ist, besonders in den letzten Tagen, wie eine Mutter für mich. Ihre übertriebene, fürsorgliche Art war mir zu viel gewesen, und das hatte ich ihr auch gezeigt und gesagt.

Peters praktisches Denken erinnert mich sehr an meine Mutter. Diese nahm auch alles hin, ohne etwas zu hinterfragen. Ihre Art und ihre Schönheit hatten sie, immer wieder, in Schwierigkeiten gebracht. Und das war, bis zum Schluss ihres Lebens, so geblieben. Sie hatte gesagt, ich habe meine Schönheit, von meinem Vater, geerbt. Doch das glaube ich nicht, weil ich ihr sehr ähnlich sehe, was sie nie wahrgenommen hatte. Zum Glück habe ich nicht ihren Charakter geerbt, denn ich bin im Gegensatz zu ihr eher nachdenklich. Auch dauert es lange, bis ich jemanden so vertraue, dass ich, mit ihm, über ernste Dinge rede.

Und dann sind da noch die Zwillinge und ihre Schwester. Zu Oliver ist mein Verhältnis eher distanziert. Wir unterhalten uns zwar, aber die Gespräche sind oberflächlich und über allgemeine Themen.

Bei Michael ist das ganz anders. Mit ihm führe ich offene und ehrliche Gespräche. Solche Gespräche hatte ich bisher nur mit einer Person geführt: nämlich mit meiner Freundin Doro. Mich erstaunt es immer wieder, wie wohl ich mich in seiner Gegenwart fühle, so als wäre er der Freund, den ich nie hatte. Aufgrund meiner Schönheit hatte ich zwar viele Einladungen zu Bällen erhalten – doch diese Bekanntschaften blieben oberflächlich. Bei ihm habe ich erstmals das Gefühl, dass es etwas Ernsteres werden könnte. Denn er gibt mir das Gefühl ihm sehr wichtig zu sein, und er hört mir wirklich zu. Außerdem ermutigt er mich, immer wieder, meinen Weg zu suchen und dann auch zu gehen.

Olivers und Michaels Schwester
Heike hatte ich nur flüchtig
kennengelernt. Sie scheint ein
fröhliches, offenes Wesen zu haben
und sehr wissbegierig zu sein.
Irgendwann schlief ich dann doch
noch ein.
Das Letzte, was ich dachte, war,
dass morgen die Herbstferien
beginnen würden.

12. Michaels und Olivers Wandlung

Der nächste Tag war ein ganz normaler Schultag gewesen. Am Schluss hatte unser Lehrer vom Theaterkurs uns gebeten unsere Rollen, in den Ferien, ganz auswendig zu lernen, denn nach diesen würden wir mit den Proben beginnen.

Als wir nach Hause kamen, bat mich Karin um ein Gespräch. Michael und Oliver gingen nach oben, und ich setzte mich zu ihr.

„Du hast doch dieses Jahr als Stipendium bekommen. Warum möchtest du dann arbeiten gehen?"

„Ich habe vor, zusätzlichen Ballettunterricht zu nehmen und weil diese Schulen alle Geld kosten, möchte ich arbeiten, um dieses Geld zu verdienen."

„Wir können dir doch den Kurs bezahlen, denn du gehörst, für uns alle, zur Familie."

„Ich danke dir. Aber ich bin es gewohnt das Geld, was ich brauche, selbst zu verdienen – und das möchte ich auch so beibehalten."

„Du bist sehr selbstständig für dein Alter."

„Das muss ich ja wohl auch sein, denn ich habe keine Familie mehr. Das ist auch der Grund, warum ich nach vorn schaue und, so schnell wie möglich, zurück in den Alltag möchte. Außerdem hilft es mir nicht ständig an das Schreckliche zu denken und in Trauer zu versinken."

„Aber du hast doch uns."

„Ich danke dir. Aber ihr könnt mir meine Mutter nicht ersetzen. Obwohl ich, hier zum ersten Mal, so was wie Familie erlebe, und das habe ich mir immer gewünscht."

In diesem Moment kam Michael ins Zimmer, und wir beendeten das Gespräch. Er war in seinem Zimmer gewesen und hielt einen Ausdruck in der Hand, welchen er mir gab.

„Diese E-Mail ist für dich. Sie stammt von Heike."

Ich las sie. Heike hatte geschrieben, dass sie von dem Tod meiner Mutter gehört hätte, und ihr dieses leidtun würde. Am Schluss bat sie mich, ihr zu schreiben, denn sie würde sich freuen, mit mir in Kontakt zu bleiben. Ich nahm mir vor ihr bald zu schreiben.

Als ich aufsah, beobachtete ich, wie Michael anfing, Karin zu hypnotisieren. Doch dann spürte er zum Glück, bevor er weiter gehen konnte und so unser Geheimnis verraten hätte, meinen Blick und drehte sich zu mir um, indem er sagte: „Ich dachte, ich zeig dir mal etwas mehr von der Gegend, denn du kennst ja noch nicht viel."

„Das wäre toll. Vielen Dank."

Bei diesen Worten sah ich ihn direkt in die Augen und zuckte innerlich zusammen, weil ich sah, dass seine Augenfarbe von Grün auf Schwarz gewechselt hatte. Auch sein Verhalten, Karin gegenüber, hatte mich alarmiert. Außerdem war mir schon vorher das starke Glitzern seiner Haut aufgefallen, doch ich konnte nichts sagen, weil wir nicht allein waren. Zum Glück war es heute bewölkt gewesen, sodass andere es nicht gesehen hatten.

„Würdest du bitte mitkommen auf mein Zimmer."

Er sah mich fragend an – doch ich antwortete nicht. Stattdessen verließ ich den Raum, und er folgte mir.

Als wir oben waren, sagte ich: „Du befindet dich in der Wandlung. Ich sehe an deinen Augen, dass du dringend Blut brauchst."

Er sah in den Spiegel und erschrak. Nach einer kurzen Pause erklärte ich: „Ich habe genug Blut in Pulverform, wovon du ab jetzt jeden Tag trinken musst, um den Blutrausch zu verhindern und gleichzeitig deinen Durst zu löschen. Außerdem brauchst du es, um deine Wandlung zu schaffen."

„Wie lange muss ich das jeden Tag trinken?"

„Solange bis das Glitzern auf deiner Haut verschwindet, denn dieses ist das Zeichen dafür, dass deine Wandlung abgeschlossen ist. In der Regel dauert sie drei Tage." Während ich dies sagte, hatte ich eine meiner kleinen Taschen aus dem Schrank genommen. Diese war voll mit Blut in Pulverform, welches in Tütchen verpackt war. Ich suchte in der Tasche und fand einen der drei Becher, welche mitgeliefert worden waren. Dann nahm ich diesen und eines der Tütchen und ging ins Bad. Dort bereitete ich ihm seinen ersten Blutdrink zu.

Als ich wieder herauskam, reichte ich ihn den Becher und sagte: „Hier trink, denn du bist sehr blutdurstig und ich möchte nicht, dass du jemanden anfällst und aussaugst, was gefährlich wäre, wie du weißt."

Als er das Blut roch, konnte er nicht widerstehen und stürzte es gierig hinunter. Ich sah ihm zu und beobachtete, wie seine Augen langsam heller wurden. Doch ich wusste, es würde noch einige Zeit dauern, bis sie wieder grün waren.

„Voran hast du erkannt, dass ich Durst auf Blut hatte?"

„An deinen Verhalten Karin gegenüber und an deine schwarzen Augen. Schwarze Augen sind ein sicheres Zeichen dafür, dass wir blutdurstig sind. Wenn wir keinen Durst haben, bekommen unsere Augen wieder ihre normale Farbe."

„Wieso an meinem Verhalten?"

„Du hattest auf den Geruch ihres Blutes reagiert und angefangen sie in Hypnose zu versetzen. Das ist ein ganz normaler Vorgang, wenn wir durstig und Menschen in der Nähe sind. Allerdings ist es, wie du weißt verboten."

Ich hatte gerade den Becher ausgespült und die Tasche zurück in den Schrank geräumt, als es an der Tür klopfte.

Als ich öffnete, stand Oliver davor und ich sah ihn fragend an.

Da kam Michael an meine Seite, sah seinen Bruder an und sagte zu mir: „Bitte mach ihm auch einen Drink, denn seine Augen fangen auch an, sich zu verfärben. Ich erkläre ihm die Lage."

Während ich die Sachen wieder herausnahm und ins Badezimmer ging, hörte ich Michael, welcher auf seinen Bruder einredete. Die beiden hatten es sich, auf dem Sofa, bequem gemacht. Ich ließ mir etwas mehr Zeit.

Als ich schließlich aus dem Badezimmer kam, hörte ich Oliver sagen: „Ich will das alles nicht. Ich möchte kein Monster werden, sondern ein ganz normales Leben führen."

Da entdeckte mich Michael und sah mich verzweifelt an. Also ging ich hinüber und sah Oliver direkt in die Augen.

Ich holte tief Luft und sagte dann sehr ernst: „Die Entscheidung, ob du jetzt das Blut trinkst oder nicht, liegt bei dir. Aber wenn du es nicht trinkst, wirst du die Wandlung nicht überleben und der Tod wird qualvoll sein. Leider ist das die einzige Alternative, die ich dir anbieten kann."

Ich sah Michael an und fügte hinzu: „Das gilt für dich und mich auch. Doch diese Entscheidung muss jeder für sich selbst treffen."

Oliver stand ohne ein weiteres Wort auf und ging. Den Becher mit Blut, den ich auf den Tisch gestellt hatte, hatte er nicht beachtet.

Michael sah ihn jetzt gierig an.

„Dann trink du ihn."

Er nahm den Becher und trank ihn aus.

„Wie viel Zeit bleibt ihm noch, sich zu entscheiden?"

„Er muss spätestens morgen früh trinken. Wenn sein Körper dann kein Blut bekommt, ist es zu spät, und er wehrt sich gegen die Wandlung, was tödlich ist."

Nach kurzer Pause fügte ich hinzu: „Dieser Prozess kann, wenn er einmal begonnen hat, durch nichts gestoppt werden."

Nach diesen Worten ging ich ins Badezimmer und spülte den Becher aus. Anschließend gingen wir nach unten, denn es war Zeit für das Abendessen.

Als wir dort ankamen, sah ich, dass nur für uns drei gedeckt worden war. Was ich in diesem Moment als Glück empfand, denn dass minderte die Gefahr der Entdeckung erheblich. Denn Olivers Augen waren schon fast schwarz.

Karin hatte sich kurz zu uns gesetzt und sagte zu Michael: „Peter und ich gehen heute aus. Es kann spät werden."

Dann stand sie auf, um sich fertigzumachen. Wenig später verließen die beiden das Haus.

Als sie gegangen waren, ging Oliver nach oben.

Michael wollte ihn folgen; doch ich hielt ihn zurück, indem ich sagte: „Lass ihn erst einmal allein, denn er braucht Zeit zum Nachdenken. Ich glaube, er wird, am Ende, die richtige Entscheidung treffen."

Michael sah nicht überzeugt aus – kam aber zu mir. Wir schauten uns, als wir das Essen beendet und aufgeräumt hatten, zusammen die Nachrichten und anschließend eine Quizshow an.

Als wir danach auf den Weg, in mein Zimmer, waren, kam uns Oliver entgegen. Während ich ihn fragend ansah, sah ich, dass sein Blutdurst mittlerweile gewaltig war. Mir war sofort klar, dass er nicht bis morgen früh warten konnte, aber ich sagte nichts. Michael ging auf seinen Bruder zu – doch Oliver beachtete ihn nicht. Stattdessen sah er mich an und sagte ganz leise: „Ich möchte leben."

„Dann komm mit in mein Zimmer."

Dort angekommen bereitete ich
ihm eine doppelte Portion zu,
welche er hastig trank.
Im Anschluss gab ich jeden, der
Brüder, einen Becher und
Portionen für die Nacht und
morgen früh. Dann gingen sie.
Als ich allein war, machte ich mich
bettfertig. Doch bevor ich ins Bett
ging, schrieb ich Heike noch eine
E-Mail, in welcher ich ihr für ihre
Anteilnahme dankte.

13. Ausflug zu zweit

Es waren inzwischen drei Tage vergangen. Die Zwillinge hatten die Wandlungen in der Regelzeit überstanden. Ich hatte ihnen jeden Tag ihre Portionen gegeben.

Froh war ich darüber, dass Karin und Peter nichts bemerkt hatten. So mussten wir wenigstens nicht lügen, denn die Wahrheit dürfen sie nie erfahren.

Es war morgen.

Ich hatte mich, in den letzten Tagen, so sehr um Michael und Oliver gekümmert, dass ich vergessen hatte, Peter nach der Arbeitsstelle zu fragen. Dieses wollte ich heute nachholen.

Während des Frühstücks fragte ich ihn: „Was ist eigentlich aus deiner Nachfrage bezüglich des Aushilfsjobs geworden?"

„Diese Stelle ist schon besetzt.

Aber wir suchen noch jemanden
für montags und freitags
nachmittags für drei Stunden."
„Das ist toll! Ich nehme beiden
Tage. Wann kann ich anfangen?"
„Das kann ich dir nicht sagen, aber
komm doch am Montag vorbei.
Dann ist mein Chef da, mit dem du
alles Weitere besprechen kannst."
„Danke. Das werde ich tun."
Nach dem Frühstück war Oliver,
von Bill und Tim Meier, abgeholt
worden. Bei diesen wollte er ein
paar Tage bleiben.
Ich hatte, ihn ermahnt vorsichtig
zu sein – da er seine neuen Kräfte
noch nicht richtig einschätzen
könne. Außerdem hatte ich ihm,
zur Sicherheit, ein paar Tütchen
Blut mitgegeben.
Michael und ich saßen bei mir im
Zimmer und überlegten, was wir
heute unternehmen sollten.
„Komm, lass uns zur Müngstener
Brücke fahren. Der neu angelegte

Brückenpark soll toll sein und den kenne ich auch noch nicht."

„Klingt interessant. Doch gelten unsere Fahrkarten bis dahin?"

„Ja, denn am Wochenende gelten die Einschränkungen nicht. Da können wir im ganzen Gebiet des Tickets fahren."

So fuhren wir mit einem Bus bis Burg Brücke. Von dort erreichten wir als erstes Schloss Burg, welches wir besichtigten. Anschließend wanderten wir weiter an der Wupper entlang bis zur Müngstener Brücke. Dieses war ein Weg von 4 km, wie mir Michael unterwegs verriet.

Als wir dort ankamen, blieb ich überrascht stehen, denn ich hatte noch nie etwas Vergleichbares gesehen.

Michael erklärte: „Diese Brücke ist mit 107 Metern über Grund die, bis heute, höchste Eisenbahnbrücke Deutschlands.

Sie wurde 1897 gebaut, ist 465
Meter lang und war eine Antwort
deutscher Ingenieurskunst auf den
Eiffelturm in Paris."
Wir gingen weiter, und Michael
erzählte weiter: „ Es rankt sich
eine Legende um die Brücke.
Angeblich soll sich, irgendwo,
zwischen den 934.456 Nieten, die
alle Eisenträger zusammenhalten,
ein Niet aus purem Gold befinden.
Aber niemand hatte ihn, bisher,
gefunden, obwohl es viele versucht
hatten."
Ich meinte lachend: „Wenn dieser
Niet wirklich vorhanden war, wird
man ihn heute vermutlich
vergeblich suchen, denn er ist
entweder ausgewechselt oder unter
vielen schützenden Lackschichten
vergraben worden."
Er stimmte in mein Lachen ein und
sagte: „Da hast du recht."
In diesem Moment knurrte mein
Magen, denn es war schon früher

Nachmittag. Er hörte es und wir gingen in eines der Restaurants. Während wir auf das Essen warteten, führten wir folgendes Gespräch, was ich vom Inhalt her in der Öffentlichkeit nicht erwartet hatte und deshalb überrascht war- obwohl wir mit leisen Stimmen sprachen und in einer Ecke saßen, wo wir ziemlich allein waren.

„Ein solches Mädchen, wie dich, habe ich noch nicht erlebt."

„Wie meinst du das? Du hattest doch sicher schon andere kennengelernt."

„Sicher, doch die waren oberflächlich. Sie wollten nur das eine: nämlich Spaß. Es waren keine ernsthaften Gespräche möglich oder gar Freundschaft. Bei ihnen hatte ich das Gefühl, mich verstellen zu müssen. Bei dir kann ich, zum ersten Mal, ich selber sein und ich habe das

Gefühl, als ob wir uns schon immer kennen würden."

Da mir das Thema zu privat wurde, beschloss ich es etwas allgemeiner zu behandeln, indem ich sagte: „Ich hatte noch nie eine Beziehung. Aber ich weiß, dass diese Mädchen gespürt hatten, dass du anders bist – auch wenn du damals noch nicht gewandelt warst. Ich glaube nicht, dass sie nur Spaß wollten."

„Wieso das?"

„Wir ziehen Menschen magisch an, durch unsere Schönheit. Sie sind verzaubert und tun alles, um in unserer Nähe zu sein. Das gilt sowohl für gewandelte, als auch für nicht gewandelte unserer Art. Aus diesem Grund bin ich einer Beziehung ausgewichen, obwohl ich viele Einladungen zu Bällen hatte und manche Jungen wirklich nett waren."

Nach kurzer Pause fügte ich hinzu:
„Wenn ich je eine Beziehung
eingehen sollte, wäre es eine mit
einem anderen Vampir, denn nur
eine solche Beziehung wäre eine
echte und könnte auf Dauer
bestehen. Außerdem bliebe unser
Geheimnis bewahrt."
Michael sah so aus, als wollte er
noch etwas sagen, aber dann
schwieg er doch.
Als wir das Restaurant verließen,
blicke ich zufällig nach oben. Der
Himmel verhieß nichts Gutes,
denn er hatte sich sehr verdunkelt.
Michael hatte mich angesehen.
Jetzt blickte auch er nach oben und
sagte: „Wir sollten auf dem
kürzesten Weg nach Hause fahren,
wenn wir nicht total nass werden
wollen. Zum Glück ist es bis zur
nächsten Bushaltestelle nicht
weit."
Wir hatten gerade die Haustür
geschlossen, da brach ein Unwetter

los, welches den ganzen Abend und die ganze Nacht andauern sollte.

Den Abend verbrachten wir mit Karin und Peter, indem wir ein Gesellschaftsspiel spielten.

Es war am Ende dieses Abends, als Michael sein Schweigen brach. Er hatte mich, den ganzen Abend, fragend und zugleich ängstlich angesehen.

Ich war gerade aufgestanden, weil ich in mein Zimmer gehen wollte, da fragte er mich: „Kann ich kurz mitkommen?"

Ich sah ihn zunächst erstaunt an, denn begleitete mich abends sehr selten - doch dann nickte ich.

Als wir in meinem Zimmer ankamen, fragte ich ihn direkt: „Was ist los? Du siehst mich die ganze Zeit schon so an, als wolltest du etwas sagen."

„Ich konnte dir nichts sagen, weil wir nicht allein waren. Aber ich wundere mich, dass du noch nichts gespürt hast. Deine Augen sind seit Stunden schwarz und ich möchte dich nicht verlieren. Deshalb bitte ich dich trinke Blut."

Diese Worte und die Sorge, in seiner Stimme, erschreckten mich. In Wahrheit hatte tatsächlich bisher keinen Blutdurst gespürt, was mit Sicherheit seine Anwesenheit verhindert hatte, denn so hatte ich es gelesen. Trotzdem griff ich jetzt hastig nach einem Becher und zwei Päckchen Blut und ging ins Badezimmer, um Schlimmeres zu verhindern. Dort sah ich, im Spiegel, dass er recht hatte, und bereitete mir eine doppelte Portion zu, welche ich sofort trank.

Als ich wieder herauskam, lächelte mich Michael erleichtert an.

Kurz darauf sagte er leise Gute Nacht, und dann ging er.

14. Geständnisse

Als sich die Tür hinter ihm geschlossen hatte, machte ich mich bettfertig.

Doch ich konnte lange nicht einschlafen, sondern dachte nach. Ich dachte daran, wie mich Michael, bei seinen aufklärenden Worten, angesehen hatte, denn da waren Traurigkeit und Angst in seinem Blick gewesen. Das und seine Bemerkung, von heute Nachmittag, deuteten darauf hin, dass er mehr, als nur Freundschaft, für mich empfand.

Doch, was war mit meinen Gefühlen für ihn? Empfand ich auch mehr, als nur Freundschaft? Ich wusste es nicht und schlief ein, bevor ich weiter über diese Fragen nachdenken konnte.

Am nächsten Morgen wurde ich,
von Geräuschen, geweckt, die ich
nicht einordnen konnte, weil ich so
müde war, dass ich am liebsten
wieder eingeschlafen wäre.

Doch plötzlich roch ich Blut, und
eine Stimme sagte: „Guten
Morgen. Ich habe dir, schon
einmal, deinen Drink zubereitet."
Michael hatte zwar leise
gesprochen, aber dennoch erschrak
ich.

Er sah es und sagte: „Entschuldige,
ich wollte dich nicht erschrecken."
Mit diesen Worten trat er näher
und hielt mir den Becher hin.

Ich setzte mich im Bett auf, nahm
den Becher ab und trank ihn aus.
Erst jetzt, wo mich der Geruch des
Blutes nicht mehr magisch anzog,
war ich in der Lage auch anderes
wahrzunehmen.

Ich sah ihn an und fragte: „Was
machst du hier?"

„Eigentlich wollte ich fragen, ob du, mit uns, frühstücken möchtest. Es ist 9:00 Uhr morgens."

Hier machte er eine kurze Pause und erklärte dann: „Doch als ich anklopfte, bekam ich keine Antwort. Da machte ich mir Sorgen und beschloss nachzusehen. Als ich sah, dass du noch schliefst, dachte ich mir, ich überrasche dich und weckte dich mit deinem Drink."

„Danke für das Wecken und den Drink. Der tat richtig gut."

Hier machte ich eine kurze Pause und fügte dann hinzu: „Ich komme gleich herunter zum Frühstück."

„In Ordnung. Dann lass ich dich jetzt allein, damit du dich fertigmachen kannst. Wir sehen uns gleich." Mit diesen Worten ging er.

Ich duschte in Rekordzeit und zog mich an. Anschließend trank ich noch eine Portion Blut, spülte den Becher aus und ging dann hinunter. Dort fand ich Michael und Peter, welche frühstückten. Ich setze mich, zu ihnen, und aß auch etwas, denn ich hatte, trotz der zwei Becher Blut, Hunger.

„Wo ist denn Karin?"

Peter antwortete: „Eine Kollegin von ihr ist krank geworden, und sie musste einspringen."

Nach kurzer Pause fragte er: „Was wollt ihr beiden heute machen?"

Michael antwortete: „Das wissen wir noch nicht."

Peter sagte, während er aufstand: „ Ich bin mit ein paar Freunden verabredet. Viel Spaß ihr beiden. Wir sehen uns dann heute Abend."

Als wir allein waren, sahen Michael und ich uns an.

Ich durchbrach die Stille und sagte: „Es wäre gut, wenn wir heute nicht allzu vielen Menschen begegnen würden. Da bei uns

Kräfte durchbrechen, die wir noch nicht einschätzen können, und ich mich in der Wandlung befinde."

„Ich habe schon gemerkt, dass ich, in den letzten Tagen, anders reagiere. Nur in deiner Nähe kann ich so sein, wie ich bin."

„Ich weiß, was du meinst, denn ich habe dich beobachtet. Es ist erstaunlich, dass Karin und Peter nichts bemerkt haben, denn du hattest dich mehrfach eher wie ein Vampir, als wie ein Mensch verhalten."

„Dass ich mich verändert habe, weiß ich und damit habe ich auch keine Probleme. Danke, dass du mich darauf aufmerksam gemacht hast, dass man es gemerkt hatte. Daran werde ich arbeiten müssen." Nach kurzer Pause fügte er hinzu: „Doch das erklärt nicht, warum ich mich so wohl, bei dir, fühle."

Ich schwieg einen Moment, denn der Themenwechsel hatte mich irritiert.

Dann meinte ich nachdenklich: „Ich fühle mich auch wohl bei dir und das schon von Anfang an. Wahrscheinlich haben wir einander, als Art, erkannt, bevor wir es wussten."

„Das kann nicht die Erklärung sein, denn zu meinem Bruder fühltest du dich nie hingezogen. Kann es sein, dass wir füreinander bestimmt sind?"

Ich antwortete nicht, denn die Frage überraschte mich.

Zum Glück wurden wir in diesem Moment unterbrochen. Karin kam früher, von der Arbeit, heim und räumte den Frühstückstisch ab. Während sie arbeitete, fragte sie: „Wo ist denn Peter?"

Michael antwortete: „Der trifft Freunde und will erst heute Abend zurück sein."

„Dann werde ich meine Freundin anrufen und fragen, ob sie Zeit hat. Ihr habt doch sicher auch etwas vor." Mit diesen Worten ging sie aus dem Zimmer, und wir hörten, sie kurze Zeit später telefonieren. Michael und ich gingen zunächst einmal in mein Zimmer.

Dort angekommen sagte er: „Du hast meine Frage nicht beantwortet."

Ich holte tief Luft und erklärte dann: „Ich kann diese Frage nicht beantworten. Doch ich weiß, dass ich dich sehr mag – aber bitte lass mir Zeit. Denn mein ganzes Leben ist zerbrochen, und ich muss mich erst neu orientieren."

„Bitte lass mich dir helfen, denn ich mag dich auch sehr."

Dann wechselte er das Thema, indem er fragte: „Was möchtest du heute machen?"

Nach kurzem Überlegen fügte er hinzu: „Mein Vorschlag ist es in

die Hildener Heide zu fahren. Das
ist ein Wandergebiet, wo wir
ziemlich allein sind – besonders zu
dieser Jahreszeit."
„Das hört sich gut an."
Kurze Zeit später verließen wir das
Haus.

15. Spaziergang zu zweit

Wir fuhren erst mit dem Bus bis zur Schwebebahnstation Wuppertal-Vohwinkel und von dort, mit einem anderen Bus, bis zur Station Waldschenke. Dort stiegen wir aus und kamen, nachdem wir den Parkplatz, welcher ziemlich leer war, überquert hatten, an einem Teich vorbei. Hier befindet sich auch ein Freibad, welches aber für dieses Jahr schon geschlossen hatte. Außerdem gibt es hier noch ein Restaurant, welches geöffnet hatte. Nachdem wir den Platz, wo sich der Teich befindet, überquert hatten, waren wir uns im Wald. Mir fiel auf, dass manche Bäume Zeichen trugen. Ich deutete auf eines und fragte: „Was bedeuteten diese Markierungen?"

„Diese Zeichen sind die Markierungen für die Wanderwege. A1 ist der Kürzeste und A3 der längste Weg."
Nach kurzer Pause fragte er: „Möchtest du erst wandern oder essen?"
Um das beantworten zu können, sah ich auf die Uhr und stellte fest, dass es schon Mittagszeit war.
„Ich schlage vor, wir gehen erst essen und wandern dann."
Er hatte mittlerweile auch auf die Uhr gesehen und meinte: „Das ist ein guter Vorschlag. Komm lass uns gehen."
So gingen wir zurück zum Restaurant, welches heute ziemlich leer war. Leider war die Außenterrasse schon geschlossen worden, denn dort hätte ich lieber Platz genommen, weil das Wetter heute sehr sonnig und warm war.
Als wir bestellt hatten, sagte er: „Was hältst du davon, wenn wir

gleich den kürzesten Weg wandern. Der führt überwiegend durch Wald und dauert eine Stunde und dreißig Minuten."

„Bis wir gegessen haben, vergeht auch noch Zeit, sodass dieser Weg, von der Länge her, in Ordnung ist."

An dieser Stelle wurden wir unterbrochen, weil unser Essen serviert wurde. Während des Essens waren wir still, denn wir waren beide hungrig, und es schmeckte gut.

Ich nutzte die Stille, um nachzudenken. Mir war etwas eingefallen, was ich später bei unserer Wanderung ansprechen und ihm wenn möglich auch zeigen will. Es war etwas, was ich ihm noch nicht gesagt hatte.

Als wir das Restaurant verließen, gingen wir, zunächst schweigend, nebeneinander her. Doch dieses

Schweigen war nicht unangenehm, denn ich genoss Michaels Nähe. Erst als wir im Wald waren, durchbrach er die Stille, indem er sagte: „Jetzt weiß ich, was du, mit den Veränderungen, meintest.

Es ist erstaunlich, wie viel ich, trotz des schlechten Lichtes, sehen kann und in welcher Schärfe. Außerdem höre ich Geräusche, die ich früher nicht hören konnte. Der Wald ist ja voller Leben, was ich noch nie so wahrgenommen habe."

„Ich weiß, was du meinst, denn ich höre und sehe es selbst. Auch bei mir haben diese Veränderungen stattgefunden. Doch das sind nicht die Einzigen."

„Was meinst du?"

Ich sah mich um, ob wir allein waren, was der Fall war. Dann trat ich abseits des Weges in den Wald, der an dieser Stelle ziemlich dicht ist, und suchte mir einen etwas

dickeren Baum, welchen ich, ohne
Mühe, samt Wurzel herausriss.
Michael hatte mir erstaunt
zugesehen, aber er sagte nichts.
Jetzt ließ ich ihn so fallen, dass es
aussah, als wäre er, von einem
Sturm, herausgerissen worden.
Danach ging in menschlicher
Geschwindigkeit zurück. Dieses
Tempo wählte ich, weil in diesem
Augenblick Menschen
vorbeikamen.
Als ich, bei ihm, ankam, sah er
mich fragend an, und ich verstand
seine Frage. Doch ich antwortete
zunächst nicht, sondern ging
schweigend weiter. Er schloss zu
mir auf und sah erst jetzt die
anderen Wanderer. Diese bogen, an
der nächsten Kreuzung, auf einen
der anderen Wege ab, und wir
waren wieder allein. Ich nutzte die
Gelegenheit, um ihm auch die
Geschwindigkeit der Vampire zu
zeigen. Dieses tat ich, indem ich,

ein Stück des Weges in Vampirgeschwindigkeit zurücklegte und ebenso schnell zurückkehrte.

Als ich wieder bei ihm war, gingen wir langsam weiter, und ich sagte erklärend: „Diese Kräfte und die Geschwindigkeit gehören auch zu den Veränderungen, die jeder Vampir entwickelt. Doch diese Sachen dürfen wir nicht benutzen, wenn wir mit Menschen zusammen sind."

„Was würde passieren, wenn wir es doch tun?"

„Da das ein grober Verstoß gegen die Regeln wäre, würde das den Rat alarmieren. Dieser hat überall Spione, sodass er sehr schnell informiert wäre. Deshalb hatte ich auch deinen Bruder gewarnt vorsichtig zu sein. Doch ich weiß nicht, ob es irgendwas genützt hat, denn ich kann ihn sehr schlecht einschätzen. Bei dir gelingt mir das besser, denn du scheinst der Vernünftigere zu sein."

„Ich werde ihn anrufen, wenn wir wieder zu Hause sind. Auf mich hört er zwar auch nicht immer – aber er möchte leben."

Hier machte er eine Pause und fügte dann hinzu: „Was mich wirklich erstaunt ist, dass du so viel weißt. Woher hast du dieses Wissen?"

Diese Frage überraschte mich nicht, denn ich hatte sie erwartet. Es wunderte mich allerdings, das er mich jetzt erst fragte, denn ich hatte viel früher damit gerechnet. Bevor ich antwortete, sah ich mich um, ob wir allein waren, was der Fall war. Das war gut, denn so konnte ich offen und mit normaler Lautstärke reden.

„Als mir meine Mutter gesagt hatte, was ich bin, war ich 14 Jahre alt. Da ich zunächst nicht glauben konnte, was sie mir erzählte, hatte ich sie gefragt, woher sie das wisse. Ihre Antwort überraschte mich damals, denn sie antwortete, dass sie der Arzt, der bei meiner Geburt Dienst hatte, aufgeklärt hatte. Dieser soll, nach ihren Aussagen, ein Vampir gewesen sein. Als ich das erfuhr, verwandelte sich mein Erstaunen in Neugierde und ich fing an, zu forschen. Doch zunächst mit keinem konkreten Ergebnis.

Das änderte sich, als meine Mutter und ich eines Tages den Keller aufräumten, und mir dabei ein altes Buch in die Hände fiel. Dieses war in einem Umzugskarton, welcher, seit dem Einzug, unberührt dort gestanden hatte.

Als meine Mutter sah, was ich in den Händen hielt, sagte sie zu mir, dass ich es ruhig behalten solle, wenn ich wolle. So legte ich es zunächst einmal zur Seite, um es später mitzunehmen.

Als ich mir dann am Abend, desselben Tages, dieses Buch genauer ansah, stellte ich fest, dass es in einer schönen, aber schwer lesbaren Handschrift geschrieben worden war. Doch der Name, der auf dem Titelblatt steht, kam mir bekannt vor. Und dann fiel es mir wieder ein: Es war der Name des Arztes und Vampirs, der meine Mutter aufgeklärt hatte über mich. Am nächsten Morgen hatte ich meine Mutter gefragt, ob sie dieses Buch je gelesen hatte, was sie mit einem Kopfschütteln verneint hatte. Aber ich begann, es zu lesen, und es wurde für mich, im Laufe der Zeit, zu einer Offenbarung. Dieses Buch hat mir übrigens auch die letzten Zweifel genommen und mich endgültig davon überzeugt, dass ich das bin, was meine Mutter gesagt hatte."

Da wir wieder am Ausgangspunkt angekommen waren, und wir

immer mehr Leuten begegneten, konnten wir dieses Thema nicht weiter vertiefen.

Langsam gingen wir zur Bushaltestelle zurück und fuhren nach Hause.

Dort angekommen telefonierte Michael, als Erstes, mit seinem Bruder.

Ich holte meinen Text für das Theaterstück aus meinem Zimmer und setzte mich auf die Terrasse, um zu lernen. Es war immer noch herrliches Wetter und von der Temperatur her sehr warm für die Jahreszeit.

Dort fand mich Michael, als er eine viertel Stunde später kam.

Ich sah ihn fragend an und er verstand.

Während er sich zu mir setzte, sagte er: „Ich habe mit Oliver gesprochen und ihn gewarnt vorsichtig zu sein. Ich habe ihm auch gesagt, welche Folgen ihn

erwarten, wenn er es nicht ist. Er
hat es mir versprochen und wird
dieses Versprechen auch halten."
Dann sah er, womit ich mich
beschäftigt hatte und fragte:
„Sollen wir zusammen lernen?"
„Das wäre schön!"
So holte er auch seinen Text, und
dann lernten wir zusammen.
Als wir eine Stunde gelernt hatten,
kam zunächst Peter und kurze Zeit
später auch Karin zurück.
Beim Abendessen fragte ich Peter:
„Wann ist denn morgen die beste
Zeit, um mich vorzustellen?"
„Am besten morgen Vormittag
gegen 10:00 Uhr."
Nach dem Abendessen lernten
Michael und ich erst noch.
Als wir gegen 21:00 Uhr unsere
Texte zur Seite gelegt hatten,
fragte ich ihn: „Würdest du, für
mich, noch ein bisschen auf der
Gitarre spielen? Du spielst so gut
und ich höre es so gern – und du

hast schon so lang nicht mehr gespielt."

Daraufhin nahm er die Gitarre und fing an zu spielen. Erst spielte er mir bekannte Melodien, von denen er wusste, dass ich sie gern höre. Doch dann folgte eine Melodie, die ich nicht kannte, aber schön fand. „Wie heißt dieses Lied?"

„Es hat noch keinen Namen, denn ich habe es gerade erst komponiert, und du hast mich dazu inspiriert." Ganz leise, sodass nur ich es hören konnte, fügte er hinzu: „Deine Augen verfärben sich wieder."

„Ich habe es gemerkt." Diesen Satz habe ich eben so leise gesagt. Laut fügte ich hinzu: „Ich werde jetzt ins Bett gehen. Gute Nacht!" Als ich in meinem Zimmer ankam, machte ich mir zunächst einen Drink. Anschließend machte ich mich bettfertig und schlief die ganze Nacht tief und traumlos.

16. Der Brief

Am nächsten Tag stand ich früher
auf, als sonst.
Beim Frühstück fragte Karin:
„Hast du eigentlich noch etwas, in
London, zu regeln?"
„Ich habe bereits schriftlich
Kontakt aufgenommen. Vermutlich
werde ich, in der nächsten Zeit,
Post bekommen."
Als ich nach diesen Worten auf die
Uhr sah, stellte ich fest, dass ich
los musste, wenn ich nicht zu spät
kommen wollte. So entschuldigte
ich mich, stand auf und ging.
Um kurz vor zehn Uhr kam ich im
Buchladen an. Dieser ist gut zu
erreichen, denn er liegt direkt in
der Wuppertaler Innenstadt.
Als ich den Laden betrat, kam
Peter auf mich zu und brachte
mich zu einem Herrn, welcher sich
als Herr Kurz vorstellte.

„Dies ist Jane White. Das Mädchen, von dem ich Ihnen erzählt hatte."

Herr Kurz gab mir die Hand und bat mich mitzukommen. Wir gingen in eine ruhigere Ecke, um uns dort zu unterhalten.

Als wir dort angekommen waren, sagte er zu mir: „Herr Faber hatte mir erzählt, Sie hätten schon in einer Buchhandlung gearbeitet."

„Ja das stimmt und es hat mir sehr viel Freude gemacht - besonders der Kontakt zu Kunden. "

„Bei der Arbeitsstelle hier handelt es sich um einen Minijob. Ihr Gehalt wäre 10.00 € pro Stunde. Selbstverständlich wären Sie über die Minijobzentrale versichert. Die Arbeitszeit ist, an beiden Nachmittagen, von 15:30 Uhr bis 18:30 Uhr."

„Wann kann ich anfangen?"

Er überlegte und sagte dann: „Der Arbeitsbeginn wäre der erste Montag nach den Herbstferien." Nach kurzer Pause fragte er: „Haben Sie ein deutsches Bankkonto? Und sind Sie hier krankenversichert?"

„Ein Bankkonto habe ich noch nicht, aber bis dahin werde ich eines eröffnet haben. Krankenversichert bin ich zurzeit noch über die Austauschorganisation."

Zum Abschluss unseres Gespräches sagte er: „Ich habe noch ein paar andere Vorstellungsgespräche und werde mich dann bei Ihnen melden." Anschließend gab er mir zum Abschied noch die Hand, und dann ging er.

Ich war dabei, mich noch ein bisschen umzusehen, da klingelte mein Smartphone. Als ich ran ging, fragte Michael: „Soll ich nachkommen?"

„Wenn du möchtest. Ich würde mich freuen."

„Wir treffen uns in der Buchhandlung. Bis gleich!"

Eine halbe Stunde später tippte mir jemand auf die Schulter, und ich erschrak. Weil ich gerade in einem Buch gelesen hatte und drehte mich halb erschrocken und halb verärgert um, da die Stelle so spannend war. Direkt hinter mir stand Michael und lachte. Als er wieder sprechen konnte, meinte er: „Entschuldige bitte. Dein Gesicht sah eben sehr komisch aus. Was möchtest du heute machen?"

Nach kurzem Überlegen antwortete ich: „Einkaufen gehen, denn ich könnte ein paar Wintersachen gebrauchen. Und außerdem muss ich hier ein Girokonto eröffnen, welches ich sowieso brauche, wenn ich hier auf Dauer leben möchte."

„Es wird mir ein Vergnügen sein, dich zu begleiten."

Als Erstes gingen wir zu einer Bank und eröffneten dort ein Konto für mich. Danach bummelten wir stundenlang durch die Geschäfte, wobei ich mehrere Hosen und Pullover fand, die mir gefielen und von den Größen her passten. Außerdem waren sie preisgünstig. Um die Mittagszeit hatten wir etwas gegessen. Also wir ich gut gelaunt, als wir wieder zu Hause ankamen.

Karin war dabei, im Garten, die Blätter zusammen zu haken. Sie unterbrach diese Arbeit, als sie uns sah und sagte: „Hallo ihr zwei. Wie ich sehe, wart ihr einkaufen."

„Ja. Jane brauchte noch ein paar Wintersachen. Können wir dir noch helfen?"

„Nein, danke. Ich bin gleich fertig."

Dann sah sie mich an und fügte hinzu: „Für dich ist ein Brief angekommen. Ich habe ihn in dein Zimmer gelegt."

„Danke, ich werde mich darum kümmern."

Michael sah mich fragend an.

Doch ich antwortete nicht, sondern ging ins Haus. Nach kurzem Zögern kam er hinter mir her, und wir gingen schweigend in mein Zimmer.

Dort angekommen legte ich zunächst die Tüten, mit den Einkäufen, auf das Sofa, und sah mir danach den Absender an.

Dieser Brief war von Doros Vater geschrieben worden, deshalb öffnete ich ihn sofort und las.

Er schrieb mir, dass er die Dinge, welche geregelt werden müssen, persönlich mit mir besprechen will und ob es mir möglich sei, in der nächsten Zeit, zu kommen. Ich solle mich dann bitte melden.

Als Michael sah, dass ich fertig war, durchbrach er die Stille und fragte: „Von wem ist dieser Brief und was steht da?"

Ich erklärte es ihm, und er sagte daraufhin: „Ich würde gern mitfliegen."

„Wenn Karin und Peter es erlauben, würde ich mich freuen, denn ich könnte Hilfe gebrauchen, da ich auch die Wohnung, so weit wie möglich ausräumen möchte. Diese soll anschließend verkauft werden. Ich werde, nach dem Abendessen, den Flug buchen. Bis dahin solltest du das abgeklärt haben. Von der Zeit her werde ich die restlichen Herbstferien brauchen. Es sei denn wir sind zu zweit, dann ist es vielleicht möglich dir noch etwas von meiner Heimatstadt zu zeigen."

„Es ist nicht mehr lang bis zum Abendessen. Wir sehen uns dann." Mit diesen Worten ließ er mich allein.

Als sich die Tür hinter ihm geschlossen hatte, packte ich als Erstes meine Sachen aus und räumte sie weg. Als Nächstes machte ich mir einen Drink, und dann sah ich nach, wann ich fliegen konnte und was das kosten würde.

Als ich zum Abendessen herunterkam, sagte Karin zu mir: „Michael erzählte mir, dass du zurück nach London musst, und dass er dich gern begleiten möchte."

„Ja, der Notar will ein paar Sachen mit mir besprechen. Außerdem möchte ich anfangen die Wohnung auszuräumen."

Nach kurzer Pause fügte ich hinzu: „Ich habe nachgesehen, ich könnte einen Flug morgen Nachmittag bekommen."

„Natürlich darf dich Michael begleiten. Er war noch nicht in London, und vielleicht kannst du ihm ja deine Heimatstadt zeigen."

„Danke, dass er mich begleiten darf."

Nach dem Abendessen buchte ich einen Hinflug und Rückflug für zwei Personen. Ein Hotelzimmer werden wir nicht brauchen, denn wir können in der Wohnung schlafen.

Michael war in sein Zimmer gegangen, um zu packen, obwohl das jetzt noch nicht nötig gewesen wäre, denn er hätte es auch morgen früh machen können. Jetzt kam er wieder, setzte sich zu mir, und fragte: „Wie ist London denn so?"

„Für die Menschen und die geborenen unserer Art ist es eine aufregende und sehenswerte Stadt. Sie ist außerdem sehr teuer.

Doch für die gebissenen Vampire ist es eine Stadt, die sie meiden sollten- es sei denn, sie wollen sterben. Manchmal dürfen sie sich auch den Rat anschließen, welcher dort seinen Sitz hat."

Er überlegte kurz und sagte dann: „Du hast gesagt, der Rat sei so etwas wie das Gericht bei den Menschen. Wie kann man sich dem denn anschließen?"

„Der Rat besteht aus den Vampiren, die Recht sprechen und den sogenannten Spähern, welche die neue Fälle melden und die Strafen vollziehen. Doch, um deine Frage zu beantworten: Es können sich nicht alle Vampire anschließen, sondern nur diejenigen, die einen Fehler gemacht haben und vom Rat begnadigt werden. Diese müssen aber besondere Fähigkeiten besitzen, die gerade gesucht werden. Sei es, dass sie Gedanken lesen können, besonders schnell sind oder irgendwelche anderen Fähigkeiten haben. Wer keine solchen Fähigkeiten hat oder welche die gerade nicht gesucht werden wird getötet."

„Wieso sind nicht alle Vampire in der Stadt willkommen?"

„Weil die gebissenen unserer Art ihren Blutdurst schlechter kontrollieren können und deshalb eher Fehler machen, als wir. Außerdem sieht man es ihnen an, dass sie anders sind, denn ihre Haut wird, im Unterschied zu unserer, bleich und ganz kalt. Deshalb ist ihr Aufenthalt in der Stadt nicht erwünscht.

Wenn der Rat es mitbekommt, dass gebissene Vampire in der Stadt sind, und sie keinen Fehler machen, werden sie zunächst aufgefordert, die Stadt zu verlassen. Kommen sie dieser Aufforderung dann nicht nach, unterzeichnen sie damit ihr eigenes Todesurteil.“

Nach kurzer Pause fügte ich hinzu: „Wie du daraus entnehmen kannst, ist es dort besonders wichtig, dass wir nicht auffallen und keinen Fehler machen.“

„Ich werde mich im Griff haben, denn ich möchte dich nicht in Schwierigkeiten bringen. “

„Ich weiß. Wenn ich davon nicht überzeugt wäre, würde ich allein fliegen. Doch ich habe dich, in den letzten Tagen, beobachtet und bin mir sicher, dass du es schaffst.“

Er meinte nach kurzer Pause: „Das hätte ich nicht zugelassen, denn du bedeutetest mir sehr viel. Ich hatte noch für kein Mädchen so viel empfunden, wie für dich.“

Darauf wusste ich keine Antwort und wechselte deshalb das Thema. Kurz darauf ließ er mich allein.

Als er gegangen war, sah ich auf die Uhr und stellte fest, dass es zu spät zum Telefonieren war. So machte ich mich bettfertig und versuchte zu schlafen. Doch ich konnte lange nicht einschlafen, weil mich dass, was jetzt auf mich zukam, sehr aufwühlte.

Irgendwann war ich so müde, dass ich trotzdem einschlief.

17. Zurück nach London

Am nächsten Tag wachte ich um 9:00 Uhr auf, duschte und ging dann hinunter.

Dort traf ich Michael, welcher dabei war das Frühstück vorzubereiten. Ich half ihm und kurz darauf saßen wir am Tisch. Karin und Peter waren schon zur Arbeit gefahren.

Zunächst frühstückten wir schweigend – doch ich spürte, dass er mich immer wieder ansah. Schließlich war ich es, welche die Stille brach, indem ich fragte:

„Was für Fahrkarten brauchen wir für die Fahrt zum Flughafen?"

„Ich werde am Bahnhof ein Viererticket Preisstufe B kaufen, welches wir für beide Fahrten nutzen werden."

Nach kurzer Pause fügte er hinzu:

„ Mir war das gestern Abend gar

nicht aufgefallen. Aber wo werden wir eigentlich schlafen?"

„In der Wohnung, welche jetzt mir gehört. Da ich das einzige Kind bin, habe ich alles geerbt. Sie ist gut mit der U-Bahn zu erreichen. Eine Fahrkarte für dich werden wir am Flughafen kaufen. Ich habe noch eine, die ich benutzen kann."

„Wieso hat deine Mutter eigentlich die Wohnung gekauft und nicht gemietet."

„In London findet man kaum Mietwohnungen und wenn, dann sind die Mieten ziemlich hoch. So ist es, auf Dauer, günstiger zu kaufen."

So gegen 10:30 Uhr beendeten wir unser Frühstück. Anschließend ging ich auf mein Zimmer, um zu telefonieren. Ich rief Doros Vater an, und wir vereinbarten für morgen 11:00 Uhr einen Termin. Danach packte ich ein paar Sachen ein.

In diesem Moment klopfte es, und Michael kam herein.

„Ich habe gerade im Internet nachgesehen, wann wir fahren müssen, um rechtzeitig am Flughafen sein zu können. Demnach haben wir noch eine halbe Stunde Zeit, bis wir aufbrechen müssen."

„Das ist gut. Wir können dann am Flughafen etwas essen. Ich schlage vor, dass wir beide vorher Blut trinken, denn es ist das erste Mal, dass wir, nach der Wandlung, in einer größeren Menschenmenge sind."

„Das ist eine gute Idee. Vor allem, weil ich seitdem nichts getrunken habe und kein Risiko eingehen möchte."

„Danke, dass du so vernünftig bist."

„Das ist selbstverständlich für mich."

Ich antwortete nicht mehr, sondern ich ging ins Bad und machte uns unsere Drinks. Wenig später war es Zeit aufzubrechen.

Da Karin und Peter noch nicht wieder zurück waren, konnten wir uns nicht verabschieden. Also werden wir sie anrufen, wenn wir in London ankommen. Oliver war auch noch nicht wieder da, denn er wird erst morgen zurückkommen. Wir fuhren zunächst mit unseren Fahrkarten bis zum Bahnhof. Dort kaufte Michael am Automaten das Viererticket. Danach fuhren wir mit dem Zug weiter bis Düsseldorf Flughafen. Dort angekommen checkten wir ein und hatten dann noch Zeit etwas zu essen.

Als wir gerade fertig waren, wurde unser Flug aufgerufen und wir stiegen ein.

Da die Maschine nicht voll besetzt war, konnten wir offen miteinander reden.

„Bist du schon einmal geflogen?"

„Nein, dies ist mein erster Flug, und ich bin ganz aufgeregt."

Hier machte er eine kurze Pause und erzählte dann: „Wir sind zwar, mit Karin und Peter, in Urlaub gefahren, da haben wir aber immer den Zug benutzt. Dies ist meine erste Reise ins Ausland, denn wir hatten immer nur Urlaub in Deutschland gemacht."

„Du warst also noch nie allein in Urlaub?"

„Das stimmt. Meine Geschwister und ich waren zwar früher in Kinder- und Jugendcamps, aber ich war noch nie allein unterwegs. Hast du schon allein Urlaub gemacht?"

„Nein. Meine Mutter und ich haben noch nicht einmal gemeinsam Urlaub gemacht, da sie immer zu beschäftigt war. So war der Flug zu euch die erste Reise,

die ich unternommen habe, denn
bis dahin kannte ich nur London."
„Es muss schwer, für dich,
gewesen sein deine Heimat zu
verlassen."
„In Gegenteil. Es fiel mir leicht, da
ich damals glaubte, es sei nur für
ein Jahr. Es war sogar so, dass ich
mich darauf freute, London zu
verlassen und etwas anderes zu
sehen und erleben zu können. "
Nach kurzer Pause fügte ich hinzu:
„Um die Wahrheit zu sagen: Dieser
Flug heute macht mir Angst, denn
ich weiß, es ist, das letzte Mal, für
eine längere Zeit, dass ich in
meinen Heimatort zurückkehre.
Außerdem wird es nicht leicht für
mich werden die Sachen
auszuräumen. Ich war in der
letzten Zeit so mit anderen Dingen
beschäftigt, dass ich kaum noch
daran gedacht hatte. Doch wenn
ich da sein werde, wird die
Erinnerung zurückkommen und

ich weiß nicht, wie ich reagieren werde. Ich kann nur hoffen, dass sie noch nicht beerdigt ist, denn es wäre gut, wenn ich Abschied nehmen könnte."

Diese Worte hatte ich leise und mit zittriger Stimme gesprochen, was er gehört hatte, denn er sagte nichts mehr, sondern nahm schweigend meine Hand. Diese Geste war so tröstlich, dass ich ihn dankbar anlächelte und er lächelte zurück.

Kurze Zeit später wurden Michael und ich gebeten unsere Sitze wieder hochzustellen, denn wir würden in ein paar Minuten landen. Die Landung war sanft und die Passkontrolle ging schnell. Auch bei der Gepäckausgabe brauchten wir nicht lange zu warten.

Bevor wir den Flughafen verließen, fragte ich: „Musst du noch einmal auf die Toilette?"

„Da es bestimmt noch eine Weile dauern wird, werde ich gehen."
Ich passte, während er weg war, auf das Gepäck auf. Als er wiederkam, tauschten wir die Plätze, denn ich musste auch.
In einem Kiosk am Flughafen kauften wir eine Fahrkarte für Michael und fuhren dann, mit der U-Bahn, bis ins Sohoviertel. Die Fahrt dauerte über eine Stunde.
Während der Fahrt fragte Michael: „Ist das nicht die älteste U-Bahn der Welt?
„Das stimmt. Außerdem ist es das schnellste und bequemste Transportmittel hier. Auch wir Einheimischen benutzen sie regelmäßig. Es gibt insgesamt 11 U-Bahn-Linien, und jede Linie ist mit einer anderen Farbe gekennzeichnet. Die Züge verkehren in der Regel an den Werktagen von 5:00 Uhr morgens

bis 24:00 Uhr abends. Werktage sind hier Montag bis Samstag. An Sonntagen sind die Betriebsstunden etwas reduziert. Wenn der U-Bahnbetrieb endet, übernehmen Nachtbusse die Beförderung."

Von der Station aus mussten wir nur ein paar Minuten laufen, und dann waren wir an der Wohnung, welche in einem Zweifamilienhaus lag. Die andere Wohnung steht schon lange leer und soll vermietet werden. Dort hatte eine alte Dame gewohnt, welche gestorben war. Da ich den Schlüssel mitgenommen hatte, brauchten wir nicht erst bei der Familie Schütter, welche schon lange einen Ersatzschlüssel hat, zu klingeln. Als wir in die Wohnung kamen, merke ich, dass hier lange nicht gelüftet worden war, und öffnete sofort alle Fenster.

Als Nächstes sah ich nach den Lebensmitteln und stellte fest, dass es noch einige länger Haltbare gab, aber keine Frischen. Also würde ich einkaufen gehen müssen, weshalb ich ihn fragte: „Michael möchtest du hierbleiben oder mitgehen? Ich muss einkaufen."

„Ich komme mit."

Auch wenn ich wusste, dass es nicht lange dauern würde, denn der Supermarkt war nicht weit entfernt schlossen wir die Fenster wieder, weil es in der Vergangenheit in dieser Gegend vermehrt zu Einbrüchen gekommen war. Ich nahm die Einkaufstasche und das Geld, welches noch in der Kassette war, und wir verließen die Wohnung.

Nachdem wir zurück waren, bezog ich die Betten im Gästezimmer und in meinem Zimmer.

Währenddessen packte Michael seine Sachen aus.

Anschließend gingen wir in die
Küche und kochten uns etwas.
Beim Essen sagte ich: „Morgen
müssen wir anfangen die Kleidung
meiner Mutter zu sortieren. Was
gut ist, bringen wir in einen
Secondhandshop, wo sie, zu einem
fairen Preis, an andere
weitergegeben werden wird. Was
nicht mehr zu gebrauchen ist,
kommt in die Mülltonne."
„Was passiert mit den restlichen
Sachen?"
„Die, welche noch gut sind, werde
ich verkaufen lassen. Was nicht
mehr zu gebrauchen ist, wird
entsorgt. Ich werde den Sperrmüll
anrufen, sobald wir einen
Überblick haben.
Meine Sachen werde ich einpacken
und mir nachschicken lassen. Die
Möbel werden von einer Firma
ausgeräumt und verkauft werden."
Nach dem Essen suchte ich den
Schmuck meiner Mutter

zusammen. Diesen will ich, am nächsten Tag, in ein Schmuckgeschäft bringen, dessen Inhaber ich kannte. Von daher wusste ich, dass ich dort den Preis bekommen würde, welchen der Schmuck auch wert ist, was nicht überall der Fall ist.

Anschließend fing ich an die Bücher meiner Mutter einzupacken, um sie in einen Buchladen bringen zu können und dort verkaufen zu lassen. Hierbei half mir Michael. Die Kisten, welche wir dafür verwendeten, hatte ich vorher aus dem Keller geholt.

Michael hatte erst noch die Küche aufgeräumt und Karin und Peter angerufen, um ihnen zu sagen, dass wir gut angekommen waren. Bevor wir ins Bett gingen, sagte ich: „Ich habe morgen das Gespräch. Könntest du, während dieser Zeit, schon einmal anfangen die Kleidung meiner Mutter zu sortieren?"

Er sah mich fragend an und ich verstand.

„Ich wünschte, du könntest mich begleiten – aber er möchte allein mit mir sprechen."

Nach kurzer Pause sagte ich gähnend: „Ich bin müde und gehe jetzt ins Bett. Gute Nacht!" Mit diesen Worten ging ich in mein Zimmer.

Als ich dort ankam, machte ich mich bettfertig. Dann ging ich noch kurz ins Badezimmer, welches wir uns teilen müssten.

Als ich im Bett lag, hörte ich noch, wie Michael ins Badezimmer ging und dann schlief ich ein.

18. Das Gespräch

Diese Nacht schlief ich unruhig, denn ich hatte Angst vor dem, was ich erfahren würde.

Am nächsten Tag erwachte ich um 8:30 Uhr. Da Michael noch schlief, ging ich zuerst ins Badezimmer und machte anschließend unser Frühstück. Durch diese Geräusche wurde auch Michael wach und machte sich fertig.

Als er dann in die Küche kam, setzten wir uns hin, um zu frühstücken.

„Heute Nachmittag haben wir viel zu schleppen, denn wir müssen die Bücher wegbringen. Das Geschäft wird uns das Geld dafür in bar geben. Zum Glück ist es nicht weit entfernt.“

„Um wie viel Uhr hast du das Gespräch?“

„Um elf Uhr.“

Nachdem ich auf die Uhr geschaut hatte, fügte ich hinzu: „Da wir bis dahin noch Zeit haben, lass uns die restlichen Bücher einpacken."

Wir beendeten schweigend das Frühstück und fingen dann mit der Arbeit an.

Kurz bevor ich gehen musste, zeigte ich ihm, im Zimmer meiner Mutter, die Kleiderschränke. Außerdem gab ich ihm große Säcke, welche ich in einen der Küchenschränke gefunden hatte, wo er sie hineinpacken konnte.

Um 10:50 Uhr verließ ich die Wohnung.

Die Familie Schütter wohnte nur zwei Häuser weiter. Als ich klingelte, öffnete Doros Mutter und bat mich herein. Ich trat ein, und sie schloss, hinter mir, die Tür.

„Hallo, Jane. Es tut mir leid, was passiert ist. Wie kommst du zurecht?"

„Danke, Frau Schütter. Es muss irgendwie weitergehen."

Diese Worte hatte ich mit leiserer, zitteriger Stimme gesprochen.

Nach einer kurzen Pause, in der ich einmal tief durchgeatmet hatte, fügte ich mit festerer Stimme hinzu: „Doch ich habe einen Termin bei ihrem Mann."

„Mein Mann ist im Büro. Du kennst dich ja aus." Mit diesen Worten ging sie in die Küche.

Mit gemischten Gefühlen ging ich weiter zum Büro und klopfte an, woraufhin Herr Schütter die Tür öffnete und mich bat hereinzukommen. Dann ging er schwungvoll zu seinem Schreibtisch und setzte sich dahinter. Anschließend forderte er mich mit einer Geste auf, mich auf einen der Besucherstühle zu setzen, was ich auch ängstlich tat. Erst jetzt durchbrach er die Stille, indem er sagte: „Ich bedauere sehr,

was passiert ist. Wie geht es dir?
Können wir etwas tun, um dir zu
helfen?"

„Danke, Herr Schütter. Ich denke,
es wird noch einige Zeit dauern,
bis ich den Schock überwunden
habe. Im Moment versuche ich, so
schnell wie möglich, die Wohnung
aufzulösen und mir ein neues
Leben aufzubauen. Da ich mich, in
Deutschland, für einen Nebenjob
beworben habe, werde ich dorthin
ziehen."

Bei dieser Antwort wunderte ich
mich selber, wie fest meine
Stimme klang.

„Habe ich dich richtig verstanden:
Du willst London verlassen?"

„Zumindest möchte ich nicht mehr
dauerhaft hier wohnen. Vielleicht
komme ich für kurze Besuche
wieder her, wenn es besser
verkraften kann. Außerdem
brauche ich im Augenblick keine
eigene Wohnung, da das

Austauschjahr noch nicht zu Ende ist."

„Du wirst in ein paar Monaten 18 Jahre alt, also kannst du, nach Abschluss dieses Jahres, allein wohnen. Übrigens brauchst du dir um Geld keine Sorgen zu machen. Deine Mutter hat dir mehr als 200.000 Pfund in bar hinterlassen. Was möchtest du mit der Wohnung machen?"

Ich antwortete nicht sofort, denn ich war überrascht. Da meine Mutter und ich nie über Geld gesprochen hatten, wusste ich nicht, dass noch so viel Geld übrig war. Denn ich wusste, dass die Wohnung schuldenfrei war. Doch dann fiel mir wieder ein, dass ich etwas gefragt worden war, und ich antwortete: „Ich möchte die Wohnung verkaufen lassen."

„Wenn du möchtest, kann ich den Verkauf übernehmen."

Hier machte er eine kurze Pause und erklärte dann: „Es ist eine sehr gute Zeit zum Verkaufen, denn die Preise für Häuser und Wohnungen sind zurzeit sehr hoch."

„Das wäre toll. Danke! Michael und ich sind noch ein paar Tage da, denn in Deutschland sind gerade Herbstferien. Michael ist einer der Söhne meiner Gastfamilie. Wir werden so viele der Sachen ausräumen und wegbringen, wie möglich. Meine Sachen werden wir einpacken. Diese sollen mir nachgeschickt werden."

„Macht euch keinen Stress. Was ihr nicht schafft, wird die Firma, welche die Möbel ausräumen und verkaufen wird, mit übernehmen."

„Das ist sehr lieb. Danke!"

Hier hielt ich kurz inne und fügte dann erklärend hinzu: „Doch das Ausräumen ist eine Art Abschied nehmen für mich."

Dann sah ich ihn direkt an und fragte: „Wissen sie schon, wann meine Mutter beerdigt wird?"
Er zuckte schuldbewusst zusammen und sagte dann: „Es tut mir leid, dass keiner von uns daran gedacht hatte, dir den Termin zu nennen. Sie wurde gestern Morgen verbrannt und dann anonym beigesetzt, weil es so ihr Wunsch war. Du hättest sie aber bestimmt vorher noch sehen und dich von ihr verabschieden können."
Bis jetzt hatte ich gehofft, mich wenigstens von ihr verabschieden zu können, doch dieser Wunsch war mir jetzt genommen worden. In diesem Moment fühlte ich mich sehr allein und hätte am liebsten geweint. Doch ich riss mich zusammen, denn dies war kein guter Zeitpunkt, um zu trauern. Nachdem ich einmal tief durchgeatmet hatte, fragte ich:

„Gibt es sonst noch etwas zu besprechen?"

„Deine Mutter hatte mir zwar die Vollmacht gegeben, doch diese müssen wir überprüfen und den neuen Gegebenheiten anpassen. Ich habe schon veranlasst, dass ihre Versicherungen ausbezahlt werden, was hoffentlich in den kommenden Tagen abgeschlossen werden wird. Außerdem habe ich alle übrigen Papiere auf deinen Namen umschreiben lassen, sodass du in Zukunft keine Schwierigkeiten haben solltest."

Die nächste halbe Stunde sahen wir sehr viele Papiere durch. Das Meiste waren Versicherungen, die ausbezahlt werden würden. Es gab nur zwei Papiere, die angepasst werden mussten. Das eine betraf das Geld und das andere die Wohnung.

Beim Vertrag, der das Geld betraf, einigten wir uns darauf, dass alles, was nicht festgelegt ist, auf mein neues Konto überwiesen werden soll und von dort alle laufenden Zahlungen getätigt werden. Diese sollen eingestellt werden, sobald die Wohnung verkauft ist. Der größte Teil des Geldes war nämlich, in sicheren Wertpapieren mit hohen Zinssätzen, angelegt worden. Er riet mir diese, bis zum Ende der Laufzeiten, zu halten, und ich stimmte zu.

Den Vertrag, der die Wohnung betraf, schrieben wir neu. Darin wurde vereinbart, dass sie komplett leer geräumt und dann verkauft werden soll. Die Rechnungen, für das Leerräumen und den Verkauf, sollen vom Verkaufspreis abgezogen werden und der Rest des Geldes überwiesen werden.

Als diese Sachen geregelt waren, sagte er: „Du musst dich dann auch anmelden, weil du, durch den

Verkauf der Wohnung, hier
automatisch abgemeldet wirst. Das
brauchst du aber erst machen,
wenn sie verkauft ist. Bei der
Schule musst du dich nicht
abmelden, da dieses Jahr sowieso
das letzte Schuljahr ist. Doch du
sollest die Organisation anrufen
und ihnen sagen, dass du nicht
zurück möchtest, sondern dort
bleibst."

„Danke für die Hinweise."
Nach kurzer Pause fügte ich hinzu:
„Ich würde mich freuen, Doro
noch einmal zu sehen."

„Ich werde es ihr ausrichten."
Dann sah ich auf die Uhr und
sagte: „Danke für alles! Da Sie
bestimmt noch andere Termine
haben, werde ich jetzt gehen.
Wenn noch etwas ist, melden Sie
sich bitte." Ich stand auf und ging.
Als ich die Wohnungstür
aufschloss, roch es nach Essen. Ich
fand Michael in der Küche, denn

er wärmte unser Essen, von gestern, auf. Währenddessen deckte ich den Tisch.

„Ich habe, mit dem Notar, die Geldangelegenheiten geregelt. Außerdem wird er sich um den Verkauf, der Wohnung, kümmern. Und was hast du getan?"

„Ich habe angefangen, die Kleidung deiner Mutter zu sortieren."

„Sehr gut. Da werden wir heute noch weitermachen. Doch wir sollten zunächst die Bücher wegbringen, damit wir hier Platz bekommen. Außerdem können wir die Kartons wieder gebrauchen."

„Eine gute Idee. Möchtest du den Schmuck auch gleich mitnehmen?"

„Ich denke, da laufe ich noch einmal, denn das können wir nicht alles tragen."

Wir hatten das Essen inzwischen beendet und trugen die vier, großen

Kisten, in die wir die Bücher
verpackt hatten, zunächst in den
Flur.

Kurz bevor wir gehen wollten,
sagte Michael: „Lass uns zunächst
zwei Kisten mitnehmen. Du bleibst
dann im Laden, und ich hole die
anderen nach."

Sein Vorschlag war so gut, dass ich
zustimmte. Damit er in die
Wohnung kam, gab ich ihm den
zweiten Schlüssel. Diesen steckte
er ein, und dann gingen wir los.

Der Buchladen war nur ein paar
Minuten entfernt. Es war übrigens
derselbe, in dem ich gearbeitet
hatte, von daher wusste ich, dass
wir hier fair behandelt werden
würden.

Als wir den Laden betraten, stellte
Michael seine Kiste ab und
verschwand wieder. Ich stellte
meine auch ab, und sah mich um.
Ein älterer Herr, welchen ich nicht
kannte, fing wortlos an die Bücher

einzuscannen, um so die Preise ermitteln zu können.

Er hatte, als Michael zurückkam, schon fast eine Kiste geschafft. Michael hatte direkt beide Kisten mitgebracht, und stellte sie ab.

„Du könntest ja schon mal das andere erledigen. Ich bleibe hier und wir treffen uns dann in der Wohnung wieder."

„Danke, Michael! Das nehme ich gern an." Mit diesen Worten verließ ich den Laden.

Kurze Zeit später war ich in der Wohnung, wo ich den Schmuck in eine Tasche packte und sie sofort wieder verließ. Das Geschäft war nur ein paar Minuten entfernt und der Inhaber ist der Vater eines früheren Klassenkameraden. Als er mich sah, lächelte er mich zunächst freundlich an und fragte: „Hallo, Jane. Was bringst du mir denn?"

„Den Schmuck meiner Mutter."

Da wurde sein Gesicht ernst und er sagte: „Es tut mir sehr leid, was passiert ist, denn das muss schrecklich sein für dich."

Ich legte ihn auf die Verkaufstheke und erklärte dann, wobei meine Stimme ganz leicht zitterte: „Ja, das ist es. Doch es muss irgendwie weitergehen."

Während er den Schmuck nahm und ihn prüfte, nutzte ich die Zeit, um mich zu beruhigen.

Als er fertig war, sagte er: „Das sind sehr gute und wertvolle Stücke. Die werde ich so verkaufen, und dir dann das Geld überweisen. Wie sind denn deine Kontodaten?"

Als ich sie ihm gesagt hatte, meinte er: „Du willst London also verlassen."

„Ja, hier gibt es zu viele schlimme Erinnerungen."

„Das verstehe ich, und ich wünsche dir viel Glück."

„Danke!"

In diesem Moment wurde die Ladentür geöffnet und eine andere Kundin trat herein. Deshalb verabschiedete ich mich schnell und ging.

Als ich in der Wohnung ankam, war Michael auch schon wieder da. Er hatte wieder mit der Arbeit angefangen und sortierte die Kleidung weiter. Nachdem er mich gesehen hatte, unterbrach er diese Arbeit und sagte: „Ich habe das Geld, was du bekommen hast, auf den Küchentisch gelegt. Es sieht ganz schön viel aus, aber ich habe es nicht gezählt."

„Danke, Michael. Das werde ich jetzt nachholen, und es dann weglegen. Danach komme ich und helfe dir."

Nach diesen Worten ging ich in die Küche und zählte das Geld. Es waren mehr als 350 Pfund, welche ich anschließend in die

Geldkassette legte. Danach kehrte ich zu Michael zurück und half ihm. Wir bekamen an diesem Nachmittag die gesamte Kleidung sortiert und verpackt, welche zum Glück zum größten Teil noch sehr gut war. Die wenigen Stücke, welche nicht mehr zu gebrauchen waren, steckten wir in die Mülltonne.

Als wir so weit waren, sagte ich: „Komm lass uns Schluss machen für heute, denn wir haben sehr viel geschafft für einen Tag."

Er nickte zustimmend.

Da es schon Abend war, gingen wir zunächst in die Küche und aßen etwas. Anschließend räumten wir sie gemeinsam auf, denn auch das Geschirr von heute Mittag war stehen geblieben.

Dann setzten wir uns ins Wohnzimmer und sahen uns die Nachrichten an. Als diese zu Ende waren, fragte ich: „ Hast du Lust dir, mit mir zusammen, einen Film anzusehen?

Als er zustimmend genickt hatte, fuhr ich fort: „Ich habe Romeo und Julia in der Originalfassung. Wir können somit noch etwas, für unser Theaterstück, tun."

Wieder nickte er zustimmend, und ich legte die Blu Ray in den Player. Während der Film lief, legte er plötzlich den Arm um mich, und ich kuschelte mich hinein.

Nach dem Film gingen wir ins Bett.

In dieser Nacht schlief ich tief und traumlos.

19. Das Ausräumen

Am nächsten Tag wurde ich, von Geräuschen, geweckt, welche ich zunächst nicht einordnen konnte. Deshalb sprang ich aus dem Bett und fand Michael, welcher schon angezogen war, in der Küche, wo er dabei war, das Frühstück zuzubereiten. Als er meinen Blick spürte, drehte er sich lächelnd um, und ich lächelte zurück. Dann ging ich ins Badezimmer, um mich fertigzumachen.

Als ich zurückkam, frühstückten wir.

„Ich denke, wir werden heute so weit kommen, dass wir einen großen Teil, der restlichen Sachen, schaffen. Danach müssen wir nur noch meine Sachen einpacken."

„Dann lass es uns anpacken. Da fällt mich wieder ein, was ich dich fragen wollte. Warum nutzen wir hier drinnen nicht unsere Geschwindigkeit? Hier sind wir doch allein."

„Daran habe ich noch gar nicht gedacht, aber du hast recht damit, dass wir das hier drinnen machen können, ohne etwas zu verraten. Nur müssen wir aufpassen, wenn wir draußen sind oder jemand kommt, dass wir sie dann wieder drosseln."

Als wir das Frühstück beendet hatten, räumten wir zunächst die Küche auf.

Danach sah ich auf die Uhr und meinte: „Als Erstes lass uns die Kleidung wegbringen, damit wir hier Platz bekommen. Denn der Laden hat schon auf."

Er nickte zustimmend und wir trugen die Anziehsachen, welche in fünf, große Säcke verpackt worden waren, zunächst in den Flur. Danach machten wir uns, mit

einem Teil, auf den Weg. Michael
wird den Rest nachholen.

Der Laden war etwa 8 Minuten
entfernt. Als wir ihn betreten
hatten, stellte Michael seine Säcke
ab und verwand wieder. Auch ich
stellte meinen Sack ab, und
lächelte die Verkäuferin freundlich
an. Sie begann, damit die Sachen
durchzusehen. Dann kam Michael,
mit der restlichen Kleidung,
zurück.

Als sie sah, wie viel das war,
meinte sie: „Ich werde sie, in
Ruhe, prüfen und Ihnen dann, nach
dem Verkauf das Geld überweisen.
Wie sind denn ihre Kontonummer
und ihr Name?"

Ich gab ihr die Nummern von
meinem deutschen Konto und
nannte meinen Namen. Als sie sich
beides aufgeschrieben hatte,
gingen wir, bevor sie noch etwas
sagen konnte. Denn ich hatte an
ihrem Blick erkannt, dass sie das

vorhatte, aber nicht so recht wusste wie.

Kurze Zeit später waren wir wieder in der Wohnung und ich sagte: „Das, was wir jetzt noch unbedingt machen müssen, sind die DVDs und Blu Rays sortieren, den Keller ausräumen und meine Sachen zu packen. Alles andere wird, wenn wir es nicht schaffen, eine Firma übernehmen, welche allerdings Geld nimmt, was ich gerne sparen würde. Die Sachen, welche im Keller sind, müssen wir heute Abend herausstellen, denn morgen kommt die Sperrmüllabfuhr und holt dieses Gerümpel ab. Da habe ich gestern angerufen und das angemeldet."

„In Ordnung! Dann lass uns was tun, anstatt zu reden. Soll ich mit deinen Sachen anfangen?"

„Das ist eine gute Idee. Am besten fängst du mit meinen Büchern an. Die möchte ich alle behalten."

Hier machte ich eine kurze Pause und fügte dann hinzu: „Ich werde mich, um die Filme kümmern, und die Musiksammlung werde ich auch gleich mit sortieren."

Er nahm sich Kartons und ging in mein Zimmer. Ich nahm mir auch welche und ging ins Wohnzimmer. Als wir etwa 30 Minuten gearbeitet hatten, klingelte es.

Ich ging zur Tür und fragte, über die Gegensprechanlage, wer da sei. Als mir Doros Vater antwortete, öffnete ich sie. Bei ihm war ein Mann, den ich nicht kannte.

„Hallo, Jane. Dieser Herr ist von der Firma, welche die Wohnung weiter ausräumen wird, und er möchte sich einen Überblick verschaffen, was zu tun ist."

Ich bat, die beiden hereinzukommen, und schloss die Tür hinter ihnen. In diesem Moment kam Michael, aus meinem Zimmer, und sah mich fragend an und ich erklärte ihm kurz, wer die Besucher waren, und was sie wollten. Außerdem stellte ich ihn vor.

Doros Vater gab Michael die Hand und sagte: „Du bist also der junge Mann, welcher Jane beim Ausräumen hilft. Es freut mich dich kennenzulernen."

„Das ist für mich selbstverständlich, ihr zu helfen." Ich unterbrach ihn, indem ich fragte: „Wollen wir uns nicht setzen?"

Als wir uns ins Wohnzimmer gesetzt hatten, sagte der mir fremde Mann: „Ich denke, es geht hauptsächlich um die Möbel."

„Ja, das stimmt."

Nach einem Augenblick fügte ich erklärend hinzu: „Michael und ich werden, von den übrigen Sachen, so viel ausräumen, wie es geht. Den Rest, welchen wir eventuell nicht schaffen, würde ich gern

Ihnen überlassen, denn wir müssen dann nach Deutschland zurück, weil dort bald die Schule wieder beginnt."

Hier unterbrach mich Doros Vater und fragte: „Hast du schon einen Lagerort für deine Sachen?"

„Nein, noch nicht."

„Du kannst sie gern bei uns zwischenlagern. Wir werden sie dir dann nachschicken."

„Danke, für das Angebot. Das nehme ich gern an."

Nach kurzer Pause fragte ich den Herrn von der Firma: „Möchten sie sich die Möbel schon einmal ansehen?"

„Ja, gern. Sie scheinen alle von sehr guter Qualität zu sein."

Eine halbe Stunde später hatte er alles begutachtet und in eine Liste eingetragen. Dann ging er wieder. Doros Vater blieb noch kurz zurück und sagte: „Meldet euch, wenn ihr die Sachen bringen wollt." Mit diesen Worten ging er auch.

Als wir allein waren, sah ich auf die Uhr. Es war schon Mittag. „Hast du Hunger? Sollen wir irgendwo was essen gehen?"

Er nickte, und wir gingen in ein nahe gelegenes Restaurant.

„Wir sind, jetzt schon, weiter gekommen, als ich vorher angenommen hatte. Ich denke, wir sind fertig, wenn wir heute und morgen noch durcharbeiten. Dann kann ich dir, die restlichen Tage, noch etwas zeigen."

„Es wäre toll auch etwas von der Stadt zu sehen."

Als wir wieder in der Wohnung waren, sagte er: „Ich bin fertig mit deinen Büchern. Was kann ich jetzt tun?"

Ich gab ihn den Karton, mit den aussortierten DVDs, Blu Rays und CDs und sagte ich dann: „Ein paar Geschäfte, hinter dem

Modegeschäft, gibt es einen Laden, der diese Sachen ankauft. Das Geld wird man dich in bar auszahlen. Würdest du das bitte hinbringen? Ich werde, in der Zwischenzeit, anfangen meine Kleidung zu sortieren."

Er machte sich auf den Weg, und ich ging in mein Zimmer. Dort sah ich, dass er die Kartons, mit den Büchern, ordentlich an die Wand gestellt hatte. Es waren drei Stück. Ich öffnete einen meiner Schränke und begann zu sortieren. Vieles will ich weggeben, weil es dort nicht zu gebrauchen oder unmodern ist.

Als Michael zurückkam, war ich mit dem ersten Schrank schon fertig. Er war in der Tür stehen geblieben, und sah sich um.

Als ich ihn ansah, sagte er: „Ich habe das Geld wieder in die Küche gelegt. Wie kann ich dir helfen?"

Ich deutete auf den größeren Haufen, der links auf dem Bett lag und sagte: „ Diese Sachen müssen in Säcke gepackt werden, denn ich möchte sie weggeben. Der rechte, kleinere Haufen, das ist die Kleidung, die ich behalten möchte. Wir werden sie ordentlich falten und in einen Koffer packen, denn ich möchte sie direkt mitnehmen. Ein Koffer steht unten im Keller. Ich werde ihn gleich holen."

Bevor ich, mit dem nächsten Schrank begann, ging ich in die Küche und zählte das Geld, welches ich danach auch weglegte. Im Anschluss ging ich in den Keller und holte den Koffer.

Als ich zurückkam, öffnete ich den nächsten Schrank.

Während ich unterwegs war, hatte er begonnen die Sachen entsprechend zu verpacken.

So arbeiteten wir den ganzen Nachmittag hindurch. Am Abend

hatten wir die Sachen, aller
Schränke in der Wohnung,
durchgesehen und sortiert, denn
wir hatten tatsächlich, wie von ihm
heute Morgen vorgeschlagen, mit
Vampirgeschwindigkeit gearbeitet.
Bevor wir uns Abendessen
machten, stellten wir die Sachen
aus dem Keller, und das, was wir
heute Nachmittag aussortiert
hatten, nach draußen. Morgen
müssen wir noch die guten Sachen,
welche ich nicht behalten will, in
die Geschäfte bringen und das
andere einlagern.
Nach dem Abendessen saßen wir
zusammen im Wohnzimmer und
schauten uns die Nachrichten und
anschließend einen Film an.
Am nächsten Tag hatten wir
morgens die Sachen in die
Geschäfte gebracht.
Nach dem Mittagessen rief ich bei
der Familie Schütter an.

„Können wir heute schon die Sachen zum Einlagern bringen?" Frau Schütter antwortete: „Ja, natürlich! Denn dann habt ihr mehr Platz und bekommt einen besseren Überblick."

So hatten wir den ganzen Nachmittag die Sachen herübergebracht, welche vorübergehend auf dem Dachboden gelagert wurden.

Die Familie, welche übrigens ursprünglich aus Deutschland stammt, hat nämlich das ganze Haus gekauft. Einen Teil bewohnt sie und der andere wird zum Arbeiten genutzt.

Kurz bevor wir, an diesen Abend, ins Bett gingen, sagte ich: „Danke, dass du mir so toll geholfen hast. Dadurch sind wir schneller fertig geworden und wir haben mehr geschafft, als ich vorher angenommen hatte."

„Es war mir ein Vergnügen, denn ich bin gern mit dir zusammen. Da fällt mir ein: Was möchtest du mit dem Kätchen machen, welches wir gefunden haben?"

„Ich denke, ich werde es mitnehmen und mir den Inhalt irgendwann einmal genauer ansehen."

In diesem Moment ahnte ich nicht, wie wichtig dieses Kätchen später noch für mich werden würde.

Nach diesen Worten wechselte ich das Thema, indem ich sagte: „Wie versprochen zeige ich dir, die letzten Tage, noch etwas von meiner Heimatstadt, damit du Karin und Peter etwas erzählen und Fotos zeigen kannst."

Dann sah ich auf die Uhr und fügte hinzu: „Es ist spät, und wir sollten ins Bett gehen. Gute Nacht!" Mit diesen Worten ging ich in mein Zimmer.

20. Ausflüge in London

Am nächsten Morgen wurde ich von Michael geweckt. Überrascht setzte ich mich auf, und sah ihn fragend an.

Er lachte erst, doch dann wurde er ernst und sagte: „Ich dachte, du willst den ganzen Tag schlafen. Es ist 9:00 Uhr und ich habe das Frühstück schon fertig."

Schlagartig war ich ganz wach und sagte: „Entschuldige, Michael! Ich komme gleich."

„Schon gut." Mit diesen Worten ließ er mich allein.

Ich ging ins Bad und duschte in Rekordzeit. Wenig später saßen wir am Küchentisch und frühstückten.

„Was sehen wir uns denn heute an?"

„Da haben wir viele Möglichkeiten. Möchtest du es

lieber ruhiger oder darf es mehr
Trubel sein?"

„Von mir aus darf es mehr Trubel
sein."

Nach kurzem Überlegen machte
ich folgenden Vorschlag: „Einen
guten, ersten Überblick bekommt
man bei einer Fahrt mit dem
Riesenrad, unseren „London Eye".
Anschließend könnten wir eine
Schiffsfahrt auf der Themse
machen."

„Das klingt gut."

Wir beendeten unser Frühstück
und räumten die Küche auf. Dann
brachen wir auf und fuhren mit der
U-Bahn bis an die Themse, wo wir
zwei Tickets für das London Eye
kauften. Danach stellten wir uns in
die Schlange, um mit dem
Riesenrad fahren zu können.

Diese Fahrt dauerte eine halbe
Stunde, und wir hatten eine
fantastische Sicht, denn das Wetter
war gut. Ich erzählte ihm, was man

sieht, und er schoss jede Menge Fotos.

Als wir wieder ausgestiegen waren, erklärte ich: „Dieses Wahrzeichen wurde im Jahre 2000 eröffnet. Deshalb heißt es auch „Millenniums Wheel". Es ist 135 Meter hoch, und Verliebte, ohne Höhenangst und mit entsprechendem Geld, können sich darin trauen lassen. Die Zeremonie wird am höchsten Punkt abgehalten, und wenn es wieder abwärtsgeht, gibt es Champagner für alle."

Bis unser Schiff ablegte, hatten wir noch etwas Zeit, und machten einen Spaziergang am Ufer entlang. An der Anlegestelle kaufte ich, kurz bevor wir auf das Schiff gingen, unsere Fahrkarten. Bei der anschließenden Schifffahrt brauchte ich nichts zu erklären, denn es war eine Reiseleiterin an Bord, welche alles auch in deutscher Sprache erklärte. So genoss ich diese Fahrt und seine Nähe.

Nach der Schiffsfahrt hatten wir Hunger und gingen in eines der Restaurants.

„Ich schlage vor, dass wir heute Nachmittag noch einen der größeren Parks besuchen. Dort kann man sich stundenlang aufhalten. Morgen können wir dann die Sehenswürdigkeiten in der Innenstadt besichtigen."

„Gute Idee. Ich hörte, dass der Hyde Park ein großer Park sein soll."

„Das stimmt, aber dieser Park ist mir zu voll – besonders bei schönem Wetter."

Hier machte ich eine kurze Pause und fügte dann erklärend hinzu:

„Ich bevorzuge den Richmond Park. Doch das schaffen wir heute nicht mehr, denn die Fahrt dauert länger. So lass uns den Hyde Park besuchen."

„Diesen Park würde ich auch gern kennenlernen. Wie wäre es morgen?"

„Einverstanden."

Als wir mit dem Essen fertig waren, fuhren wir zum Hyde Park. Während wir, durch den Park, schlenderten, sagte ich: „Dieser Park ist der Größte von allen. Er ist zwei Kilometer lang und fast einen Kilometer breit."

„Gibt es hier nicht auch die Speakers Corner?"

„Ja. Sie wurde 1872 eingerichtet und sichert seitdem das Recht auf freie Meinungsäußerung."

Als wir an die Serpentinen kamen und er sah, dass es dort einen Tretbootverleih gibt, fragte er: „Wollen wir eine Bootsfahrt machen?"

Ich war einverstanden, und so mieteten wir uns, für eine Stunde, ein Boot.

Nachdem wir es wieder abgegeben hatten, gingen wir an den Serpentinen entlang. Da es mittlerweile Zeit für das Abendessen war, machten wir Halt in dem Restaurant, welches sich an den Serpentinen befindet.

Nachdem wir gegessen hatten, bummelten wir langsam zurück zur U-Bahn-Station. Unterwegs blieben wir, noch einmal, stehen, denn die Sonne ging unter und färbte den Himmel rot.

Wir waren gerade in der Wohnung angekommen, als mein Smartphone klingelte. Nachdem ich auf das Display geschaut hatte, sah ich, dass es Doro war, und ich nahm den Anruf an.

„Hallo, Jane. Entschuldige, dass ich mich jetzt erst melde. Ich hatte

in mehreren Universitäten
Vorstellungsgespräche."

„Und hattest du Erfolg?"

Ich weiß, dass sie Ärztin werden
will.

„Ja. Ich bin sogar an meiner
Wunsch-Universität angenommen
worden. Nächsten Herbst fange ich
an."

„Das ist großartig. Ich freue mich
für dich."

„Ich habe gehört, du willst London
verlassen."

„Ja, das stimmt. Ich möchte mir, in
Deutschland, ein neues Leben
aufbauen. Das heißt, aber nicht,
dass ich nicht noch einmal
hierherkomme, wenn ich es besser
ertragen kann."

Ich war ihr dankbar, dass sie an
dieser Stelle nicht näher auf dieses
Thema einging, weil ich es nicht
ertragen hätte, von ihr eine
Beileidsbekundung zu hören.
Stattdessen wechselte sie das

Thema, indem sie fragte: „Wie lange bist du denn jetzt noch da? Können wir uns noch einmal treffen?"

„Wir sind noch zwei Tage da. Wie wäre es morgen Abend?"

„Das passt mir gut. Sagen wir so gegen 19:00 Uhr. Ich komme bei euch vorbei und hole euch ab. Bis dann!"

„Bis dann!" Danach legte ich auf. Nachdem ich das Gespräch beendet hatte, ging ich zu Michael, und setzte mich zu ihm. Er hatte es sich im Wohnzimmer bequem gemacht und schon den Fernseher eingeschaltet. Ich kam gerade rechtzeitig zu den Nachrichten. Im Anschluss lief eine Quizshow, welche wir uns anschauten. Danach war es Zeit ins Bett zu gehen.

Am nächsten Morgen sah ich im Spiegel, dass sich meine Augen

wieder zu verfärben begannen, und ich trank einen Becher Blut.
Anschließend bereitete ich das Frühstück vor, wodurch Michael wach wurde.
Er ging zuerst ins Bad und kam dann zu mir in die Küche.
„Ich würde heute gern deine Lieblingsplätze kennenlernen."
„Dann schlage ich vor, dass wir heute Morgen die Innenstadt besichtigen und heute Nachmittag den Richmond Park."
„Gibt es in der Innenstadt auch etwas, was mit deinem Leben zu tun hat?"
„Die Innenstadt ist für jeden, der hier aufgewachsen ist, wichtig."
Kurz danach beendeten wir unser Frühstück, räumten die Küche auf und brachen auf.
Ich zeigte ihm die Sehenswürdigkeiten, aber auch die Geschäfte, wo ich immer eingekauft hatte.

Als wir am Big Ben ankamen,
fragte er: „Hat nicht die Glocke
den Turm den Namen gegeben?"
„Das stimmt – obwohl viele
denken es sei umgedreht. Die
Glocke ist übrigens 13,7 Tonnen
schwer."
Plötzlich blieb er stehen. Wir
waren gerade an einem Geschäft
vorbeigegangen, welches im
Schaufenster sehr schöne Kleider
ausgestellt hatte. Er nahm mich an
der Hand und zog mich dorthin
zurück.
„Du hast so viele deiner Kleider
weggegeben, dass ich dir ein
hübsches Kleid schenken möchte,
welches eine positive Erinnerung
an unsere Zeit hier sein soll."
„Ein solch teures Geschenk ist
nicht nötig, denn ich werde die
Zeit mit dir hier auch so nicht
vergessen –, doch wenn es
unbedingt ein Geschenk sein muss,
kann es auch ein Billigeres sein."

Er sah mich lächelnd an und sagte, wobei seine Stimme anders klagt als sonst, nämlich sehr geheimnisvoll: „Bitte mach mir die Freude und nimm es an, weil du so schön bist und schöne Sachen verdienst."

Ich zögerte kurz, denn dieses Geschenk war viel zu teuer. Außerdem störte mich der Ton in seiner Stimme, welchen ich so noch nie gehört hatte. Doch in diesem Moment hatte ich keine Zeit weiter darüber nachzudenken, weil er die Tür zum Laden schon geöffnet hatte und mir somit keine Wahl mehr blieb.

Michael sagte zu der Verkäuferin, welche sofort auf uns zukam, denn dies war einer der kleineren Läden: „Wir würden gern ein Kleid kaufen."

„Welcher Art denn und in welcher Länge?"

Da Michael ratlos aussah, antwortete ich: „Es soll ein Kleid sein, was man zu vielen Gelegenheiten anziehen kann."

„In welcher Größe?"

„Je nach Schnitt Größe 38 oder 40."

Es war eine halbe Stunde später. In dieser Zeit hatte ich viele Kleider anprobiert und verworfen – weil sie mir entweder nicht gefielen oder zu teuer waren. Es waren nur zwei Kleider in die engere Wahl gekommen. Zum einen war es ein langes, rotes Kleid und zum anderen ein knielanges, blaues Kleid. Beide waren raffiniert geschnitten, hatten eine gute Stoffzusammensetzung und man konnte sie selber waschen. Ich beschloss, sie beide zu nehmen, aber selber zu bezahlen.

Michael sagte dazu nichts, denn er hielt schon eine Tüte in der Hand.

Ich deutete auf diese und fragte:
„Für wen ist das denn?"
Er antwortete nicht, sondern
lächelte mich geheimnisvoll an.
Daraufhin seufzte ich und hoffte,
dass der Inhalt nicht allzu teuer
war.
Als wir den Laden verlassen
hatten, sah ich auf die Uhr. Es war
13:00 Uhr.
„Leider ist es für den Richmond
Park heute schon wieder zu spät.
Denn wir müssen früher zu Hause
sein, weil du heute Abend meine
Freundin Doro kennenlernen wirst.
Ich schlage vor, dass wir jetzt
irgendwo etwas essen gehen, und
uns dabei das Programm für den
Nachmittag überlegen."
„In Ordnung. Ich habe Hunger.
Den Park können wir auch morgen
besuchen, da wir ja noch einen Tag
haben. Ich freue mich übrigens
darauf deine Freundin endlich
kennenzulernen."

Wir gingen weiter, bis wir zu einem Restaurant kamen, von dem ich wusste, dass es gut war. Dort öffnete ich die Tür und trat ein. Michael kam hinter mir her.

Als wir bestellt hatten, sagte er: „Ich würde gern noch die Tower Bridge besichtigen."

„Die Tower Bridge und der Tower of London sind zwei Wahrzeichen, welche sehr sehenswert sind. Diesen Wunsch kann ich dir erfüllen, denn das ist zeitlich noch machbar heute."

In diesem Moment wurde unser Essen serviert, und wir aßen schweigend.

Am Nachmittag besichtigten wir zunächst die Tower Bridge. Während wir uns der Brücke näherten, schoss er Fotos.

Als wir weitergingen, sagte ich: „Diese Zugbrücke wurde von 1886 bis 1894 gebaut. Damals galt sie, als Symbol des industriellen

Aufschwungs, und sie wurde mit einer Dampfmaschine betrieben. Seit 1976 funktioniert sie elektrisch und wird heute noch, mehrmals am Tag, hochgezogen."

Wir gingen weiter über die Brücke und er machte Fotos.

Da die Zeit zu knapp und die Schlange zu lang für eine Innenbesichtigung war, besichtigten wir den Tower of London nur von außen, indem wir einmal um den Gebäudekomplex herumgingen. Auch hier machte Michael Fotos.

Anschließend machten wir uns auf den Weg zurück in die Wohnung. Als wir dort ankamen, gingen wir zunächst in unsere Zimmer, wo ich die gekauften Kleider in den Schrank hängte. Anschließend ging ich ins Wohnzimmer, um auf Michael zu warten.

Als er kam, sah ich, dass er Blut getrunken hatte, denn seine Augen

waren nicht mehr verfärbt –
sondern wieder grün. Während er
sich setzte, klingelte es.

21. Ein Abend zu dritt

Ich sah auf die Uhr und stellte fest, dass es erst 18:00 Uhr war. Da Doro erst in einer Stunde kommen will, fragte ich, über die Gegensprechanlage, wer da sei. Als mir Doros Vater antwortete, öffnete ich die Tür.

„Hallo, Jane. Entschuldige bitte die Störung. Ich muss noch ein paar Dinge mit dir besprechen."

Ich bat ihn hereinzukommen und wir gingen ins Wohnzimmer, wo Michael gewartet hatte. Mit einem Blick bat ich ihn zu bleiben und wir setzten uns.

Nach kurzer Pause sagte Herr Schütter vorsichtig: „Ich habe heute ein Schreiben, von den ermittelnden Behörden, bekommen, in welchem stand, dass der Fall deiner Mutter vorerst geschlossen werden soll. Wenn sich neue Erkenntnisse ergeben würden, wird er wieder geöffnet werden."

Bei diesen Worten hatte er mich die ganze Zeit fast ängstlich angesehen und war jetzt erstaunt über meine ruhige Reaktion, welche er, wie ich ihm ansah, nicht verstand und ich ihm auch nicht erklären konnte.

Doch diese Nachricht überraschte mich nicht. Im Gegenteil ich hatte sie sogar erwartet. Da es am Tatort keine brauchbaren Spuren gegeben hatte, wusste ich, dass sie ihren Fall, nach dieser Frist, vorerst schließen mussten. Außerdem war mir klar, dass er nie wieder geöffnet werden würde - das sagte aber nicht laut.

Aus den Medien hatte ich erfahren, dass der Fall von Tina Schmitz als aufgeklärt galt. In diesem Fall war niemand angeklagt worden, weil die Mörderin tot ist. Als Mörderin konnte man meine Mutter identifizieren. Man ging davon aus, dass die beiden sich gestritten hatten, und dieser Streit handgreiflich endete. Wobei ich mir ziemlich sicher war, die wahre Ursache zu kennen. An all dieses dachte ich kurz, doch ich sagte nichts davon laut. Stattdessen sagte ich: „Es ist mir sehr recht, wenn ihr Fall nicht mehr ständig in den Medien auftaucht. Dann finde ich, vielleicht endlich Ruhe und kann anfangen dieses schreckliche Ereignis zu verarbeite, was ja bisher nicht möglich war."

„Tut mir leid. Daran habe ich noch gar nicht gedacht."

An dieser Stelle sah ich kurz zu Michael, welcher bestürzt aussah und ich lächelte ihn beruhigend an. Dann drehte ich mich wieder zu Herrn Schütter um und sagte ganz ruhig: „Schon gut! Gibt es sonst noch etwas?"

Er brauchte eine Weile, um zu antworten, denn meine Reaktion hatte ihn wohl sehr überrascht. Nachdem er sich gesammelt hatte, sagte er: „Ja, ich brauche für die Bank deine deutsche Bankverbindung, damit das Girokonto hier aufgelöst werden kann. Danach habe ich bei unserem Gespräch vergessen zu fragen."

Ich gab sie ihm, und er ging.

Als wir allein waren, sagte Michael erstaunt: „Ich hätte nicht gedacht, dass hier die Behörden einen Todesfall, welcher auch noch Mord war, so schnell schließen. Willst du denn gar nicht wissen, wer der Mörder war?"

„Ich bin mir ziemlich sicher den Mörder zu kennen. Es war der Rat. Da meine Mutter gegen die Regeln verstoßen hatte, indem sie von

Tina Schmitz trank und sie somit tötete."

„War denn deine Mutter noch keine Vampirin, welche aufgeklärt wurde?"

„Sie hatte immer gesagt, sie wäre keine und hatte das wohl auch, bis zum Schluss, geglaubt. Doch ich war schon immer anderer Meinung. Ich glaube, sie war eine Vampirin, welche die Wandlung nicht vollständig vollzogen hatte, denn sie hatte, bis dahin, nie Blut getrunken. Wie sie das überleben konnte, weiß ich nicht. Aufgeklärt worden ist sie mit Sicherheit nicht."

Bevor er noch etwas sagen konnte, klingelte es erneut.

„Das wird Doro sein."

Ich öffnete die Tür, und wir umarmten uns. Wir standen noch, im Flur, als Michael aus dem Wohnzimmer kam und ich machte die beiden miteinander bekannt.

Sie sah ihn lange an und lächelte dann. Doch das sah er nicht, weil er mich ansah.

Als ich seinen Blick spürte, löste ich meinen von Doro, und sah ihn an. Er lächelte mich an, und ich erwiderte es. Gleichzeitig spürte ich Doros Enttäuschung, sagte aber nichts dazu.

Nach einer Weile durchbrach ich die Stille, indem ich fragte: „Hat noch jemand Hunger?"

Michael antwortete: „Ja, ich."

Doro meinte: „Dann gehen wir erst etwas Essen, bevor wir uns ins Nachtleben stürzen."

Wir verließen die Wohnung, und sie steuerte einen Pub an. An der Tür zögerte ich kurz, denn es war einer der Pubs, in denen meine Mutter immer aufgetreten war.

Da keiner der beiden mein Zögern bemerkt hatte, und ich diesen Abend nicht verderben wollte, überwand ich meine Ängste und wir gingen hinein und bestellten. Doch beim Essen war ich sehr schweigsam, was wieder niemanden aufzufallen schien. Doro unterhielt sich mit Michael, welcher zwar freundlich ihre Fragen beantwortete – sie aber nicht zu mehr ermutigte, was gut war.

Nach dem Essen zogen wir weiter zur Disco. Doch schon an der Tür hörte ich, dass mir das viel zu laut sein würde. Als ich kurz zu Michael blickte, sah ich ihn an, dass es ihm auch so erging. Deshalb fragte ich Doro: „Wollen wir nicht stattdessen ins Kino gehen?"

„Was ist denn heute los mit dir? So hab ich dich noch nie erlebt. Du hast dich irgendwie verändert."

Da ich ihr die Wahrheit nicht sagen konnte, antwortete ich, indem ich

fragte: „Meinst du nicht, dass ein solcher Verlust einen verändert?"
Sie sah mich sofort reumütig an, und ging dann in Richtung Kino weiter. Dort angekommen studierten wir zunächst das Programm und entschieden uns, nach kurzer Diskussion, für einen Fantasyfilm.

Während der Werbung sagte ich ganz leise zu Michael: „Ich hoffe, du magst Fantasyfilme."

„Ja, aber nur wenn sie gut gemacht sind."

„Das gilt nicht nur für diese Art von Filmen."

„Da hast du recht."

Dann begann der Film und wir waren still. Er war so gut, dass wir, alle drei, sofort in die Handlung hinein gezogen wurden.

Erst als er zu Ende war, merke ich, dass Michael meine Hand hielt und mich anlächelte. Daraufhin sah ich ihn an und lächelte zurück. Danach sah ich zu Doro, welche uns erst erstaunt und dann verstehend ansah.

„Wir können noch irgendwo was trinken gehen, wenn ihr Lust habt."

Ich sah auf die Uhr und antwortete dann: „ Nein, danke. Es ist schon ziemlich spät und ich bin müde." Nach meinen Worten verließen wir das Kino und schlugen den Weg zur Wohnung ein. Michael und ich gingen Hand in Hand. Doro sagte, beim Haus ihrer Eltern, Gute Nacht und ging hinein. Langsam gingen wir beiden weiter.

Als wir in die Wohnung kamen, verschwand Michael kurz in der Küche, um etwas zu trinken, zu holen. Währenddessen machte ich es mir im Wohnzimmer bequem. Als er kam, setzte er sich und stellte mir ein Glas auf den Tisch. Wir tranken beide einen Schluck, bevor er die Stille brach, indem er sagte: „Dies war ein toller Abend, und deine Freundin finde ich sehr nett."

„Ich fand den Abend auch schön, und ich bin erstaunt darüber, wie gut du dich im Griff hast."

Er sah mich irritiert an und ich sah, dass er nicht verstand, was ich meinte, deshalb erklärte ich: „Doro hat versucht mit dir zu flirten und du bist nicht darauf eingegangen. Das hat sie zunächst sehr verärgert, denn das war sie bis jetzt nicht gewohnt. Ihr Ärger verwandelte sich aber in Verstehen, als sie sah, dass du meine Hand hieltest. Jetzt denkt sie, wir sind ein Paar."

„Ich habe wohl bemerkt, was sie wollte – aber du bist, für mich, die Einzige die zählt."

Ich wollte dieses Thema an diesem Abend nicht weiter vertiefen, deshalb sagte ich: „Ich bin müde und werde jetzt ins Bett gehen."

Nach diesen Worten trank ich mein Glas aus und stand auf. Er sah mich enttäuscht an, stand aber dann auch auf, und wir gingen in unsere Zimmer.

Dort ankommen machte ich mich bettfertig und schlief dann sofort ein.

22. Der letzte Tag in London

Am nächsten Tag wurde ich von Geräuschen geweckt und sprang erschrocken aus dem Bett.

Als ich meine Zimmertür öffnete, stieß ich mit Michael zusammen. Da ich sehr viel Schwung hatte, wäre ich gestürzt, wenn er mich nicht aufgefangen hätte. Doch er ließ mich sofort wieder los und trat einen Schritt zurück. Dann sagte er lächelnd: „Entschuldige, dass ich dich erschreckt habe. Ich möchte dich eigentlich nur wecken, denn es ist 9:00 Uhr."

Ich hatte mich inzwischen wieder etwas beruhigt und meinte: „Schon gut! Komm lass uns frühstücken gehen."

„Geh du ins Badezimmer. Ich bereite das Frühstück vor."

Erst jetzt sah ich, dass er schon angezogen war. Also ging ich ins

Bad und kurze Zeit später saßen
wir am Frühstückstisch.

„Heute ist unser letzter Tag hier.
Da möchte ich dir den Platz
zeigen, wo ich am allerliebsten
war."

„Ich freue mich darauf ihn zu
sehen."

Nach dem Frühstück brachen wir
auf und fuhren mit der U-Bahn bis
Richmond. Von dort aus gingen
wir weiter in den Richmond Park.
Während wir langsam durch diesen
schlenderten, erklärte ich: „Dies ist
der Größte der königlichen Parks.
Außerdem ist er ein nationales
Naturreservat. Deshalb steht er
unter besonderem Schutz. Hier
kam ich immer hin, wenn ich Ruhe
wollte oder Zeit zum
Nachdenken."

„Es ist sehr schön hier."

Nach einer Pause fragte er:

„Stimmt es, dass hier eine Szene

zu Harry Potter gedreht werden
sollte?"

„Das stimmt. Doch es war nicht
möglich wegen des Fluglärms.
Deshalb hat man sie im Studio
gedreht."

Wir gingen, wie schon gestern
Abend, Hand in Hand und
genossen es die Nähe des anderen
zu spüren. Ab und zu huschten
Eichhörnchen durch das Laub,
welche nach Futter suchten.
Plötzlich blieb er stehen und
deutete nach vorne. Auf einer
Lichtung vor uns sahen wir
Rotwild und er machte ein Foto.
Dann gingen wir weiter, und ich
fragte: „Was möchtest du denn
heute Nachmittag noch sehen?"

„Wie wäre es mit Madame
Tussauds? Ich glaube, über ein
paar Fotos von dort würde sich
Heike freuen. Besonders über die
von einem bestimmten
Schauspieler."

„Ich weiß, welchen du meinst. Sie hat mich an meinem Ankunftstag nach ihm gefragt. Übrigens ist er nicht nur ihr, sondern auch mein Lieblingsschauspieler."

Nach kurzem Überlegen fügte ich hinzu: „Ich werde versuchen zwei verbilligte Eintrittskarten zu bekommen."

Ich zog mein Smartphone aus der Tasche und surfte zur entsprechenden Internetseite. Dort machte ich die nötigen Angaben und hatte Glück, denn ich konnte zwei Karten für 17:00 Uhr reservieren.

Es war inzwischen Mittag geworden. Da wir Hunger hatten, verließen wir den Park und fuhren zurück, um in der Innenstadt etwas zu essen.

Während des Essens fragte ich: „Möchtest du Geschenke für Karin und Peter mitnehmen? Oder für deinen Bruder und Heike?"

„Das ist eine gute Idee – denn hier gibt es so schöne Sachen, die ich bei uns nicht bekomme. Vielleicht kaufe ich dann auch die Weihnachtsgeschenke. Außerdem brauche ich noch ein Geburtstagsgeschenk für meinen Bruder, denn wir werden am Sonntag ein Jahr älter, und ich habe bisher nicht das Richtige gefunden."

So bummelten wir anschließend durch die Innenstadt. Wir fanden für Peter und seinen Bruder tolle Pullover und für Karin eine goldene Kette mit einem Schmetterling als Anhänger, dessen Flügel mit Diamanten besetzt waren. Ich kaufte ihr dazu das passende Armband. Beide Schmuckstücke bekamen wir günstiger, weil sie aus Privatbesitz stammten und wir bekamen Echtheitszertifikate ausgestellt. Für seine Schwester kaufte er ein tolles

Kleid. Während er das Kleid aussuchte, war ich auf eine andere Etage gegangen, und hatte für ihn und Peter meine Geschenke für das Weihnachtsfest gekauft. Für Peter fand ich ein schönes Freizeithemd und für ihn einen schicken Anzug mit passendem Hemd und Krawatte. Außerdem nutzte ich die Zeit, um für die Zwillinge, die Geschenke zum Geburtstag zu kaufen.

Als wir fertig waren, sah ich auf die Uhr und stellte fest, dass es 15:35 Uhr war.

„Wir haben noch Zeit genug die Einkäufe in die Wohnung zu bringen."

Er nickte zustimmend, und so machten wir uns auf den Weg. Anschließend fuhren wir zu Madame Tussauds. Da das Fotografieren erlaubt ist, machte er dort jede Menge Fotos.

„Ich habe nicht gewusst, dass die Figuren so echt aussehen."

„Diese Figuren herzustellen ist ein aufwendiger Prozess. Es dauert ungefähr drei Monate, bis eine Wachsfigur fertig ist."

Hier hielt ich kurz inne und erklärte dann: „Der erste Schritt der Herstellung ist das sogenannte „Sitting". Das ist ein persönliches Treffen mit den Prominenten. Bei diesem werden mit Maßband und Tastzirkel insgesamt 300 Maße genommen. Außerdem werden mehr als 150 Fotos von Kopf und Körper aus den unterschiedlichsten Blickwinkeln gemacht.

DieseTreffen werden von Künstlern durchgeführt, welche die Prominenten gut beobachten. Dabei werden wichtige Details aufgenommen, die später helfen, eine Figur zu erschaffen, welche die Persönlichkeit und den Charakter des Originals ausstrahlt.

Ausgehend von den Maßen und Fotos wird ein Metallskelett hergestellt, auf welchem die Körperform aus Ton modelliert wird. Aus Gips werden nun die Negative für Kopf und Körper getrennt hergestellt. In die fertigen Formen wird heißes Wachs gegossen. Sobald dieses abgekühlt und ausgehärtet ist, wird der Kopf aus der Form genommen und bekommt Farbe, Augen und Haare. Die Augen werden individuell aus Acrylglas hergestellt, um die Farben und Details der Originale genau zu treffen und das Haar ist menschliches Echthaar, welches Strähne für Strähne einzeln eingestochen wird. Im Anschluss wird vorsichtig, Farbe aufgetragen, um das Gesicht und die Gesichtszüge zum Leben zu erwecken."

Nach kurzem Nachdenken fügte ich hinzu: „Neue Figuren werden übrigens 3 % größer hergestellt, da sie im Laufe der Zeit kleiner werden."

„Ist eine solche Figur dann nicht sehr teuer?"

„Das stimmt. Eine Figur kostet ca. 200.000 Euro."

„Und was ist mit der Kleidung?"

„Es ist Tradition bei Madame Tussauds, dass die Prominenten ihre eigene Kleidung, für ihre Wachsfigur, spenden."

„War dies hier nicht das erste Museum dieser Art überhaupt?"

„Es stimmt, dass es das erste Madame Tussauds in London gab. Dieses wurde 1835 in der Baker Street eröffnet. Ihr Enkel Josef Randall verlegte, 34 Jahre nach ihrem Tod, die Ausstellung in die heutigen Räume in der Marylebone Road."

Hier machte ich noch einmal eine kurze Pause und fuhr dann fort: „Madame Tussauds wurde übrigens, als Marie Grosholtz, im Jahre 1761 in Straßburg geboren und sie starb im Jahre 1850."

Wir machten noch eine letzte Runde und verließen dann das Museum.

Als wir draußen waren, sagte ich: „Was hältst du davon jetzt etwas Essen zu gehen? Heute Abend möchte ich etwas mit dir unternehmen, was jeder London Besucher einmal erlebt haben sollte."

Er sah mich fragend an – doch ich sagte: „Das ist eine Überraschung, aber es lohnt sich den Fotoapparat griffbereit zu haben."

„Dann lass uns gehen."

So gingen wir weiter, bis wir zu einem gemütlich aussehenden Restaurant kamen, wo wir einkehrten.

Während des Essens schwiegen wir, denn wir hatten Hunger. Doch dieses Schweigen war nicht unangenehm.

Als wir das Restaurant verlassen hatten, fuhren wir zum Ausgangspunkt der Tour, wo ich unsere Fahrkarten kaufte. Während wir auf den Bus warteten, erklärte ich: „Dies ist eine Fahrt, die ungefähr eine Stunde und dreißig Minuten dauern wird."

Als der Bus kam, stiegen wir alle ein und fuhren pünktlich um 19:30 Uhr los. Bei dieser Rundfahrt brauchte ich nicht Reiseleiterin zu spielen, denn sie wurde in deutscher Sprache kommentiert. So genoss ich sie selber, denn ich kannte sie auch noch nicht. Wir fuhren vorbei an den vielen Sehenswürdigkeiten der Stadt und Michael schoss viele Fotos. Ich stellte fest, dass die Stadt so beleuchtet noch einmal ganz anders aussah.

Als die Fahrt zu Ende war, sagte Michael: „Danke für diese Überraschung. Es war wunderschön und lehrreich."

„Mir hat es auch gefallen. Doch lass uns gehen, denn wir müssen heute noch alles einpacken."

Ganz leise fügte ich hinzu: „Ich möchte außerdem noch in den Laden, welcher das Pulver für unsere speziellen Drinks abgibt. Dieser befindet sich in der Nähe der Wohnung, und er schließt erst sehr spät."

Er sah mich verstehend an, und sagte dann laut: „ Du hast recht. Das müssen wir heute noch machen, denn morgen müssen wir sehr früh aufstehen."

So fuhren wir zurück ins Sohoviertel und gingen dort zunächst weiter bis zum Laden. Dieser war nicht als solcher zu erkennen, denn er war in einem ganz normalen Wohnhaus untergebracht.

Bei unserem Eintreten drehte sich ein junger Mann von den Regalen, welche er eingeräumt hatte, um und lächelte uns an.

„Kann ich Ihnen helfen?"

„Wir hätten gern von dem Produkt Nummer 420 drei Kisten."

Er sah uns zwar zunächst erstaunt an, doch dann zuckte er mit den Schultern, und händigte uns die Ware aus. Wir nahmen sie entgegen, und gingen dann weiter zur Wohnung.

Als wir dort ankamen, stellte Michael die beiden Kisten, welche er getragen hatte, in meinem Zimmer ab. Danach ging er in seines, um seine Sachen zu packen, und ich fing mit meinen eigenen an.

Eine halbe Stunde später war er fertig und kam zu mir. Ich war mit meinen Sachen inzwischen auch fertig. Gemeinsam packten wir noch das Blutpulver in eine kleine Reisetasche um, und entsorgten den restlichen Müll.

Als wir damit fertig waren, war es Zeit ins Bett zu gehen.

Das Letzte was ich vor dem Einschlafen dachte war, dass Morgen ein neuer Teil meines Lebens beginnen würde. Wie würde er für mich werden und wie wird sich meine Beziehung zu Michael weiter entwickeln?

Welche Geheimnisse werde ich noch aufdecken?

Auf all diese Fragen wusste ich in diesem Moment keine Antwort, deshalb schob ich sie aufseite und schlief endlich ein.

Lieber Leser an dieser Stelle endet
der erste Teil meiner Geschichte.
Wenn Sie neugierig sind, wie es
weitergeht, müssen Sie den
zweiten Teil lesen, worüber ich
mich freuen würde. Bis dahin
wünsche ich Ihnen alles Güte.
Auf der nächsten Seite können Sie
jetzt noch das Nachwort meiner
Erschafferin lesen.

Nachwort

Wem dieser Teil gefallen hat, der empfehle das Buch bitte weiter. Außerdem würde ich mich über eine positive Bewertung freuen. Vielen Dank!
Heike Doeve